U0130704

亂翻書
樂無窮
許定銘 著

目錄

雷石榆的《八年詩選集》

雷石榆（一九一一至一九九六）的這本《八年詩選集》（臺灣粵光，一九四六）是比較少見的一九四〇年代臺版書。

雷石榆是廣東臺山人，一九三三年留學日本時開始創作，以寫詩為主，曾加入中國作家左翼聯盟東京分盟，並主編《東流》、《詩歌》。回國後，於一九三七年與蒲風、黃寧嬰等組織「中國詩壇社」，編《中國詩壇》。一九四六年去臺灣，任教於臺灣大學。雷石榆除了寫詩，也寫小說，出過《慘別》（上海新鐘書局，一九三六）、《夫婦們》（福州立達書店，一九四五）等小說集。

《八年詩選集》是三十六開本，僅一二五頁，除〈序〉外，全書分「戰爭中的歌唱」、「補遺」和「日文詩作」三部份，共收詩作六十二首，另日文詩七首。雷石榆是能以日文寫詩的，他的第一本詩集《沙漠之歌》，即以日文創作，一九三四年出版於東京前奏社，受日本文學界重視。

雷石榆在〈序〉中細述他的詩觀及寫作歷程，他認為：

> 作為人民的詩人，他是戰鬥在現實之中，但同時又在精神的境界擁抱着理想而生活。沒有現實生活內容的詩固然是貧乏的，抽象的；但沒有詩人的自我的影子的滲透，那更是枯燥的，死板的，令人讀了感覺厭煩的矯揉造作的形式的玩弄。（頁二）

書中的詩作，是雷石榆在抗戰開始後的八年間所寫，是他那幾年的生活記錄。

《中國詩壇》

雷石榆的《八年詩選集》

《小說家族》

叫《小說家族》的書有兩種：一是香港電臺電視部製作的劇集，由也斯編成書，劉以鬯、亦舒和西西等十一位名家合著的小說集《小說家族》（香港天地圖書有限公司，一九八九）；一是如今大家見到的這本，編了朱西寧一家人作品的《小說家族》（臺北希代書版有限公司，一九八六）。

朱西寧（一九二七至一九九八）和劉慕沙夫婦是臺灣著名的小說家，他們家的三個女兒：朱天文、朱天心和朱天衣，都能繼承父母的衣缽，也成了作家。甚至女婿謝材俊也擅創作，一家六口都寫小說，都出過個人專集，是名副其實的「小說家族」。三姊妹在這本《小說家族》面世之前，就已出版過合作的散文集《三姊妹》（臺北皇冠出版社，一九八五），一時傳為佳話。

朱西寧等的《小說家族》厚近三百頁，除了他們自選的七篇小說外，還有他們的作品編目，個人成長的經歷和記錄生活歷程的照片幾十幀。附有董鈞萍〈朱家的三十年〉，寫年輕的劉慕沙不顧一切，離家「情奔」投向孑然一身的陸軍上尉夫婿，寫他們如何養育三個女兒和家裏的貓貓狗狗，家境雖不富裕，卻是樂融融的。田新彬〈文學的方舟〉寫的則是他家各人的創作成就。

夫婦同是作家，出合集已叫人羨慕，像朱西寧般全家合作出書，可謂創舉，此書唯一的缺憾是沒收朱天衣的創作。

朱家的《小說家族》

港版《小說家族》

朱氏的《三姊妹》

《中國當代小說叢書》

一九六〇年代初，我熱愛臺灣的現代小說，白先勇、王文興、王禎和、陳映真、七等生以外，司馬中原、朱西寧、段彩華和鄧文來都是我喜愛的作家。五十年後的今天，我的書架上還有一套由他們組成，不完整的《中國當代小說叢書》。這套叢書由司馬中原主編，一九六三、六四年由高雄大業書店出了第一輯五種：朱西寧的《狼》、段彩華的《神井》、鄧文來的《其其里克之夜》、司馬中原的《靈語》和楊念慈的《風雪桃花渡》。

楊念慈當年已在「大業」出過幾本書，可惜未讀過。鄧文來的風格與「鳳山三劍客」相似，題材多以大漠、鄉間人物為主。司馬中原和朱西寧名氣響噹噹，不需介紹，倒是段彩華要寫兩筆：段彩華（一九三三至二〇一五）是江蘇人，一九四九年到長沙從軍，在臺灣退伍後，主要從事記者、校對，並曾主編《幼獅文藝》。他作品的特色是「擅於運用動態描寫，使之有蒙太奇般的效果」，能深刻地挖掘人性，充滿人道精神，並闡揚正義。

大業書店的主事人陳暉，說《中國當代小說叢書》選稿要符合兩個原則：一是要表現手法力求新穎——但並非標新立異。我們要儘量吸收西方的新的技巧——但非橫的移植。必須是西方的與東方的揉合。一是要具有民族的風格……

如此選稿嚴格的叢書後來不知還有沒有第二輯？

段彩華的《神井》

馮鍾睿繪段彩華

司馬中原和《荒原》

當他還沒有在電視臺主持「靈異節目」和胡亂的談狐說鬼前，我是極之尊崇司馬中原的。雖然事隔近半世紀，家居搬動了十多次，從香港到北美，又從北美回來，轉了地球一圈，我的書架上還擺放着他的長篇《荒原》（高雄大業書店，一九六五），短篇《加拉猛之墓》（臺北文星書店，一九六三）和《靈語》（高雄大業書店，一九六四），這些小說是司馬中原前期的代表作。

江蘇人司馬中原（一九三三出生）十五歲從軍，從未受正式學校教育，卻能成為家傳戶曉的名作家，傳奇的一生是由長篇小說《荒原》奪「首屆青年文藝獎」開展的。當年的司馬中原是個很認真的作家，《荒原》初稿於一九五三年，是原名《大火》的中篇，後來屢經修改，至一九五九年才發表於臺灣的《文壇》，一九六三年由大業書店出版，大受歡迎！

和很多我國成功的作品一樣，凡二十萬字的長篇《荒原》，寫的也是「人和土地」的故事。在洪澤湖東邊，有塊方圓百多里紅草荒原，這塊大地孕育了雷家、夏家、石家……等幾姓人的世世代代，這些樸實的農民和獵戶默默的承受百多年來的天災、瘟疫、人禍、戰亂……，他們忍受而後反抗，掙扎求存。李英豪在〈試論司馬中原〉（見《靈語》代序）中，多以《荒原》作例去肯定司馬中原的成就，並說這個長篇是「史詩」式的巨著。

司馬中原的《加拉猛之墓》

司馬中原和《荒原》

司馬中原的《靈語》

朱西寧早期的短篇

原名朱青海的山東人朱西寧（一九二七至一九九八）熱愛寫作，一九四七年在南京《中央日報》副刊上發表首篇短篇小說〈洋化〉，一九四九年參軍後，在臺灣軍中仍埋首創作，與司馬中原及段彩華合稱「鳳山三劍客」，是著名的軍中作家，出版長短篇小說數十部之多。他第一部小說集《大火炬的愛》（臺北重光文藝出版社，一九五二）出版後，自覺「亮劍過早」，雖仍創作不斷，卻要等到十一年後才一次過推出兩部短篇：《鐵漿》（臺北文星書店，一九六三）和《狼》（高雄大業書店，一九六三）。

朱西寧的小說，是繼承了三十年代的寫實主義，而發揮得淋漓盡致。《鐵漿》和《狼》是朱西寧早期的代表作，兩書共收十九個短篇，內容重點多寫北方的農民和鄉土，尤其是作為書名的這兩篇，前者寫農婦借種而與人通姦，後者寫鐵路初現於神州大地時引起的衝激，發表時轟動臺灣文壇，奠定他一生以創作為業。司馬中原在《狼》的前言中，對朱西寧小說的人物有極中肯的表述，他在〈試論朱西寧〉中說：

他筆下的人物，代表着民族傳統的兩面：一面是躍動向前的，一面是停滯顫化的；這兩觀念的衝突，成為民族悲劇之主要導線。因此，他每篇作品都有着悲劇的延伸性，伸向痛苦，伸向顫動，伸向血淚交織的歷史汪洋……。

朱西寧早期的短篇《狼》

年輕時代的朱西寧
（網上圖片）

作家尹雪曼

我是先讀到白先勇〈永遠的尹雪豔〉才知道作家尹雪曼的，因為兩個人的名字很接近，印象深刻。事實上尹雪曼比尹雪豔出現要早得多，尹雪曼（一九一八至二〇〇八）是河南汲縣人，一九四〇年代西北大學畢業，美國密蘇里新聞學院新聞碩士，是資深而出色的新聞工作者及作家，曾任職於上海《益世報》、天津《民國日報》、西安《西京平報》及《臺灣新生報》。

尹雪曼熱愛寫作，一九三四年已發表處女小說〈二憨子〉於天津《大公報》，第一本小說散文集《戰爭與春天》（重慶商務印書館，一九四三）是他在內地唯一的作品，此後著述五十餘部，全部是臺灣出版的，二〇〇六年整理的《尹雪曼的文學世界》全套七冊，由其妻方荷主編，結集其畢生著述的精髓。

尹雪曼的書中，最著名的是曾獲教育部學術文藝獎的《海外夢迴錄》（臺北皇冠雜誌社，一九六六），全書十七萬字，以二十二篇散文，記述一九六〇年代初，臺灣留學生在美國一邊工作一邊苦讀，滲和着血淚和歡笑的生活實錄。《海外夢迴錄》最初以連載的形式於一九六四年三月開始，在《皇冠》雜誌上刊出，連載期間已大受歡迎，作者收到大量讀者來信嘉許及鼓勵，一直刊至一九六五年十二月止才結集出版，一紙風行，迅即再版，後來還刺激作者寫了下集—— 長篇小說《留美外記》。

尹雪曼《海外夢迴錄》

尹雪曼著《抗戰時期的現代小說》

王文興的《家變》

凡十六萬字的長篇小說《家變》是王文興的代表作。他一九六六年動筆，花了七年時間才寫完。期間數易其稿，寫作非常認真，據說某些片段曾修改數十次之多，無論字句、語氣、情景，王文興都細心推敲至完善，並建議讀者「一小時不可閱讀超過一千字，一天閱讀不可超過兩小時」，否則無法領略其精髓！

《家變》一九七二年開始在《中外文學》連載，一九七三年出版單行本，為當年臺灣文壇帶來了極大震撼，是因為內容、文字和表達手法，都是與眾不同的。

故事寫一對父子的矛盾衝突而引至父親離家出走的「家變」。那個在傳統觀念中大逆不道的兒子范曄所作所為，像一棒把中國社會的父權與孝道打碎，為那年代的年輕人展示他們的「異端歪想」。寫作手法是從父親出走寫起，然後是過去、現在的多次時空跳接；語言則是有時故意用文言文、留空，或黑體字以加強視覺效果……，全書都是王文興的興之所至的表演。

《家變》面世的四十年來，一直都是部極具爭議性的文學作品。此書臺版中最常見的是洪範書店版，如今大家所見的，則是屬於《長春藤文學叢刊》的「環宇」初版。《家變》在一九七三年四月初版，六月再版，我的這本是八月的三版，用的都是同一個封面，圖中一對人物，不知是否也是「父子」？

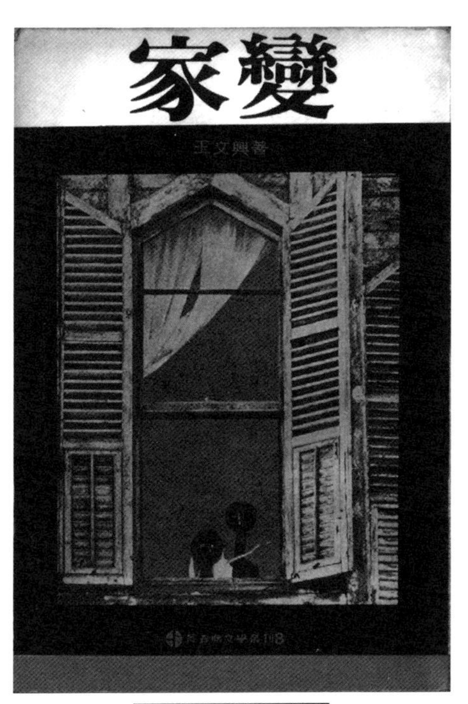

王文興的《家變》

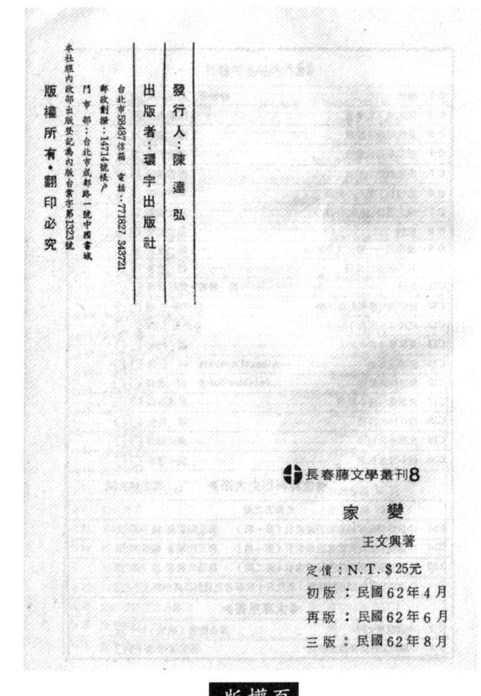

長春藤文學叢刊8

家　變

王文興著

定價：N.T.＄25元
初版：民國62年4月
再版：民國62年6月
三版：民國62年8月

發行人：陳達弘
出版者：環宇出版社
台北市58487信箱　電話：771827 343721
郵政劃撥：14714號帳户
門市部：台北市成都路一號中國書城
本社經內政部出版登記為內版台業字第1323號
版權所有・翻印必究

版權頁

沙千夢的世界

從這本《有情世界》（臺北天華出版事業股份有限公司，一九七九）看，沙千夢（一九一九至一九九二）的世界，是個充滿愛心與溫情的世界。

《有情世界》原本是香港亞洲出版社一九五〇年代初版的，可惜無緣得見。此書收沙千夢的散文三十二篇，全部都是寫家人，寫朋友和日常生活上接觸到的小品。寫這些文章的時候，沙千夢是個三十多歲，卻久經戰亂的少婦，她一面帶孩子，一面兼顧任報社及出版社編輯的丈夫。當一切都妥善了，她才能定下來，給《星島日報》及《香港時報》等報刊寫稿。

集中我特別注意的是〈我的大哥〉。她的大哥比她大七歲，當她還在讀中學的時候，大哥已是文壇上頗有名氣的詩人。在大哥的鼓勵支持下，沙千夢開始寫作，協助編半月刊，和年青作家們開研討會⋯⋯，她之所以會成為作家，大哥的功勞不少。但因為某些不便，他沒提大哥是誰，經過我的努力，才知道她的大哥就是一九三〇年代著名的詩人沙蕾（一九一二至一九八六）。

沙千夢是江蘇宜興人，在蘇州受教育，戰時流浪了半個中國，一九四八年抵港，與黃震遐結婚，晚年居溫哥華。她最重要的作品是長篇小說《長巷》（香港亞洲出版社，一九五三），曾拍成電影，由卜萬蒼導演，奪第二屆東南亞電影節最佳劇本獎。

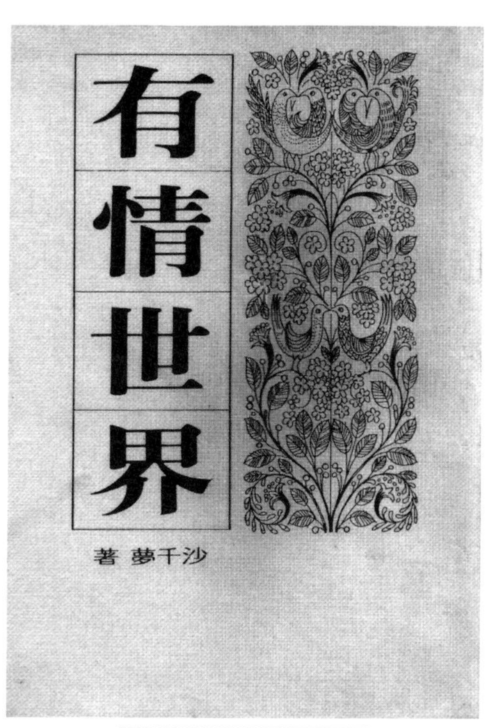

沙千夢的《有情世界》

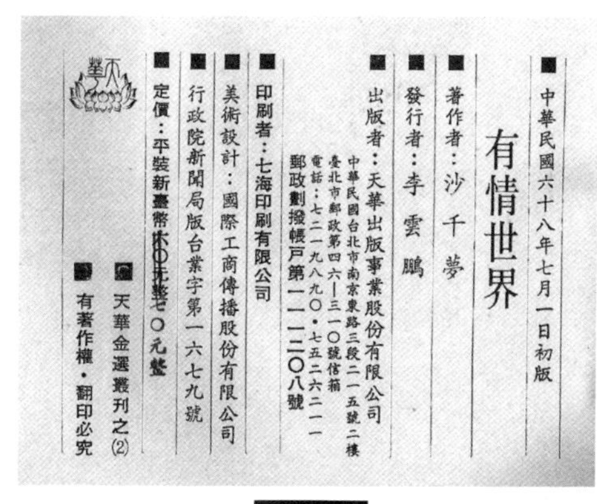

■中華民國六十八年七月一日初版

有情世界

■著作者：沙千夢

■發行者：李雲鵬

■出版者：天華出版事業股份有限公司
中華民國台北市南京東路三段二一五號二樓
臺北市郵政第四六—三一〇號信箱
電話：七二一九八九〇・七五二六二一一
郵政劃撥帳戶第一一一二〇八號

■印刷者：七海印刷有限公司

■美術設計：國際工商傳播股份有限公司

■行政院新聞局版台業字第一六七九號

■定價：平裝新臺幣[illegible]七〇元整

■天華金選叢刊之(2)

版權頁

《侯榕生選集》

侯榕生在臺灣出版的散文、小說集有好幾種，一九七〇及八〇年代出的《家在永和》、《談猫廬》、《又見北平》等，舊書市場上間中還可得見，但早年出版的《侯榕生短篇小說集》（高雄大業書店，一九五六）和《病中吟》（高雄大業書店，一九五七），則是相當罕見，連她自己也沒有。

一九七四年，侯榕生從華盛頓回臺北探親，原意是悄悄回去會會老友，吃點北方小食和聽幾場平劇。沒想到她在臺北的「粉絲」不少，《聯合報》的記者鍾榮吉抓到她作訪問，以〈似曾相識燕歸來〉作報導，掀起一陣熱潮，「水芙蓉」出版社還邀請她把《侯榕生短篇小說集》和《病中吟》重新出版。她幾經波折，終於在圖書館裏找到此兩書，合成了這本《侯榕生選集》（水芙蓉出版社，一九七五）。

《侯榕生選集》是本散文小說集，所收二十六篇文章，都是她學習寫作首五年的作品，其中的〈三十歲與寫作〉，寫她之所以會走上寫作的路，是深受在北平讀高中時的作家老師雷妍和哲西所影響的。但，透過這篇短文，我卻看到一個生活不穩定，到處奔波而倔強的女性在命途上的掙扎。書內也有篇〈酒後〉，我以為與香港版的〈酒後〉是同一篇，打開一看，卻是另一個故事。同一個作者用同樣的命題去寫兩個故事，是比較少見的。

《侯榕生選集》

·版權所有·
·翻印必究·

水芙蓉出版社

民國64年3月29日　再版
民國64年2月5日　初版

侯榕生選集

水芙蓉書庫：31

著作者：侯榕生
封面設計者：孫密德
發行者：莊蔡秀蓮
出版者：水芙蓉出版社
臺北市吉林路一六一巷九之五號
電話號碼：五六一六七七〇
郵撥帳戶：一九二七三號

總經銷：星光書報社
臺北市中華路二段39巷14弄26號
電話號碼：三三一四八一二
郵撥帳戶：一四二四三號

定價：42元

內政部登記證：內版臺業字第2082號

《侯榕生選集》版權

侯榕生寫蕭銅

寫完〈侯榕生的《酒後》〉和《侯榕生選集》，覺得應該停筆了，但侯榕生的散文實在吸引，於是又讀了她的《談猫廬》（臺北大地出版社，一九八一）。這本書收散文十五篇，主要寫她在華盛頓灰墩鎮（Wheaton）家養猫，及一九七〇年代來去臺北的奔波故事。寫的雖然瑣碎，但在如行雲流水的細語中，經常滲入北平的小食、天氣和家庭情味，縷縷思鄉情懷力透紙背。

侯榕生說她的生活大致可分：上班、逗貓、寫作、飲酒和演戲幾部份。如果你曾細讀侯榕生，一定知道她是個京劇的「超級戲迷」。她不單愛看戲，愛組戲班，還可粉墨登場，無論青衣、花旦、刀馬、小生，都是她的拿手好戲。《談猫廬》內的一篇〈戲迷〉，也就絕對不能錯過。

〈戲迷〉寫的是她和蕭銅的故事。她們倆年紀相若，一九五〇年代蕭銅在臺灣當編輯時早已認識。蕭銅因思念北平及京劇，一九六一年遷居香港，就是為了看戲和思鄉。這種愛好和情懷兩人如出一轍。一九六三年，馬連良、張君秋來香港演戲，一張短簡幾十字，在菲律賓留學的侯榕生即飛香港看戲十多日。一九七二年，侯榕生到香港申請回北平旅遊，辦手續出麻煩，逗留兩個月。臭味相投的戲迷倆，看戲、灌酒、思鄉……。

寫蕭銅的文章不少，以侯榕生的這篇〈戲迷〉寫得最好！

侯榕生《談猫廬》

蘇雪林的《歸鴻集》

生於浙江而祖籍安徽的蘇雪林（一八九七至一九九九），和巴金、章克標一樣，也是活了過百歲的現代作家。她一生集作家、學者、教授和畫家於一身，執教五十多年，筆耕超過八十載，著述數十部，別說要讀通她的全部作品，要編一份完整的書目也不容易。

蘇雪林一九四九年「由武漢飄泊而到上海，又由上海飄泊而到香港，最後竟遠渡重洋，到了曾經去過一次的法蘭西。斷鴻零雁，到處為家」（見《歸鴻集》自序），精神上苦悶、徬徨，終於在一九五二年返抵臺灣。她視這次流浪為孤雁歸鴻，故此把積存多年的舊稿，編成《歸鴻集》（臺北暢流半月刊社，一九五五）。

《歸鴻集》收文四十七篇，依性質分成五輯，全是雜文，大部份如〈女畫家方君璧〉、〈凌叔華女士的畫〉、〈孫多慈女士的畫〉等，與畫壇有關的文章，也有不少為友人的書所寫的序跋和讀後。我比較喜歡的是書中的第五輯，收〈卅年寫作生活的回憶〉、〈我所愛讀的書〉、〈灌園生活的回憶〉、〈抗戰末期生活小記〉等幾篇，都是她離國前的舊文，記的事雖然瑣碎，卻有可讀之趣。此書封面是畫家梁雲坡的作品，蘇雪林說它像穿了件漂亮的外衣！

蘇雪林的《歸鴻集》

歸鴻集

版權所有 ⊙ 不許翻印

暢流叢書第十二種

著作者　蘇雪林
發行者　暢流半月刊社
地址：台北市鄭州路一一五號
電話：四二三二〇－九轉七六八號
封面設計　梁雲坡
承印者　大誠印刷廠
廠址：台北市大理街九三號
定價　每冊新台幣柒元整

中華民國四十四年八月初版
中華民國四十五年七月再版
中華民國四十五年八月三版
中華民國四十六年六月四版

版權頁

落戶高雄的北雁

王書川（一九一九至二〇〇七）是曾受戰火洗禮的作家。

他是山東淄川人，生長於貧窮的農家，幸得外祖父眷顧，才得以進學校受教育，中學時受熱愛新文學寫作的老師薰陶，埋下了文學的種子。日寇侵華，王書川毅然離開家鄉投入抗戰的行列，在戰火中開始創作。戰後他到了舟山，在報刊任編輯，並出版了第一本散文集《四明山上》（浙東日報，一九四七）。一九五〇年他到了高雄，任職中國聯合通訊社，才落地生根，一住二十多年。在高雄的那些年，王書川不單勤於寫作，出版了十多本散文及小說集，還與尹雪曼、馬各等人成立了新創作出版社，出版高水平文學作品，又與尹雪曼等人在高雄籌組了中國文藝協會的南部分會，是把臺灣文學由南向北推進的重要人物。

《北雁南飛》（高雄大業書店，一九五三）是王書川抵臺後出版的第一本書，這本小書僅一百頁，收散文四十篇，卻分成四輯，作者沒有言明，但隱隱地概括了他生於苦難，從戰鬥到平淡，從大陸到寶島，到南方小城的各階段生活實況。我喜歡讀散文多於小說，是散文中往往包含了更多的真，更能了解時代的變遷，更能反映民間的疾苦，《北雁南飛》正好代表了他們那一代人的史實。如果你想更多些了解王書川，他的自傳《落拓江湖——回首天涯路》（臺北爾雅，二〇〇一）不應錯過。

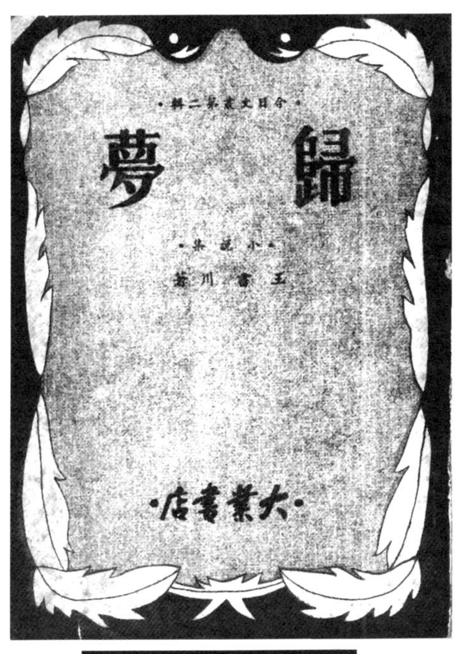

王書川的小說集《歸夢》

王書川的文集《北雁南飛》

殘而不廢張拓蕪

安徽涇縣人張拓蕪（一九二八至二〇一八）只讀過六年書，十四歲離家參軍，在軍隊中度過大半生。一九七三年退役，不幸中風，左邊身體癱瘓，仗親友救濟過活。這位憑自學愛上文藝的鐵漢老兵，咬緊牙關，慢慢爬起牀，靠身邊友人的鼓勵及協助，掙扎着用他僅餘的右手及半邊身，奮鬥數十年，寫下了數百萬字，出了十多冊書，本本都是一再重印的暢銷書，是真真正正的「殘而不廢」！

張拓蕪一九五〇年代初登文壇時，以筆名沈甸為人注意，且出過詩集《五月狩》（香港五月出版社，一九六二），後來則轉到軍人電臺任編撰，寫職業稿而疏於文藝。出事後，張拓蕪在病牀上臥病超過一年，得司馬中原、鄧文來、羊令野等友好支持，終於伏到案上爬格子，起初每天只能寫三至五百字，但日日如是，愈寫愈起勁。一九七五年以散文《代馬輸卒手記》為題，長期在《中華文藝》月刊上發表。這些以他個人當軍幾十年所見所聞的材料寫成的散文，發表時大受歡迎，給張拓蕪打了強心針。一九七六年，《代馬輸卒手記》由爾雅出版社出單行本，一紙風行。我手邊的這本，已是一九八九年的第二十八印，可見其暢銷程度，而張拓蕪也因此書得「警總」的金筆銀環獎。

張拓蕪成名後，還以筆名「左殘」在其他報刊上寫專欄，出過《左殘閑話》、《坎坷歲月》、《坐對一山愁》……等書。

《代馬輸卒手記》

《代馬輸卒補記》

《代馬輸卒》五書

《代馬輸卒手記》一舉成名後，張拓蕪鍥而不捨的在原稿紙上埋頭苦幹「刻字」。由一九七六至八一年間，一連出了《代馬輸卒手記》、《代馬輸卒續記》、《代馬輸卒餘記》、《代馬輸卒補記》和《代馬輸卒外記》等五本書，銷幾十萬冊，轟動臺灣文壇。要明白這幾本書的內容，先要了解甚麼是「代馬輸卒」。

話說抗戰勝利後，某部隊從日本人手上接收了六百匹用來運輸迫擊砲的戰馬。豈料當時軍中貪污剝削馬糧的風氣極盛，馬糧被高層「吃掉」後，馬兒很快便死光了，運迫擊砲的工作，得由軍中低層小卒負責。張拓蕪當年正是代替馬兒運輸的軍人之一，因此自嘲為「代馬輸卒」這種沒有人知的「兵種」。

《代馬輸卒》五書都是散文集，內容主要分為《老兵話舊》和《細說故鄉》兩部份，寫的是這位有三十年軍齡的老兵，在軍中所見的人物，和遊子浪跡天涯後的思鄉情懷。論者以為他那充滿感情的筆端，寫的「雖是大時代的小插曲，卻小插曲中窺見一個大時代的風貌；他寫的是過去軍中的小人物，卻描繪出那個時代真實感人的生活面」，是臺灣大兵文學的代表。

我則認為《代馬輸卒》五書的成功，不單反映出過去幾十年低層軍人的悲哀，還流露出張拓蕪那率直的真情，把小鄉鎮的民風活呈紙上，是一幅幅活的人物風情畫！

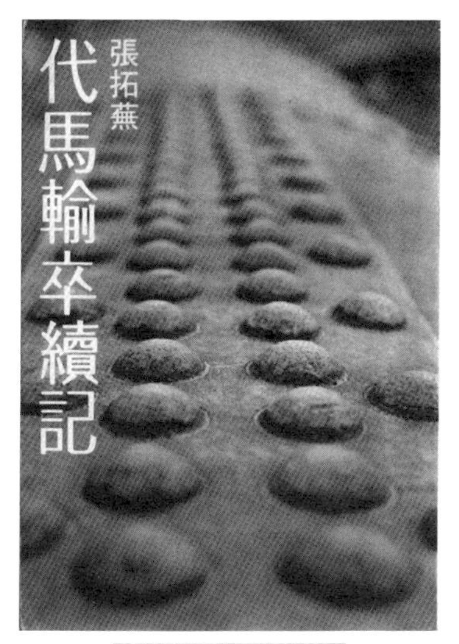

《代馬輸卒續記》

《代馬輸卒外記》

《代馬輸卒餘記》

唐文標《平原極目》

唐文標（一九三六至一九八五）一九五〇年代初在香港讀中學，一九五五年入新亞書院外文系，翌年移居舊金山，得伊利諾大學數學博士，任教於沙加緬度加州大學。一九七〇年代到臺灣定居，在臺大教數學，與友人辦《大風》、《夏潮》等雜誌，一九八五年因喉癌病逝。

唐文標雖然是數學博士及教授，但熱愛文學、寫作、評論及思想、文化潮流，對一九七〇、八〇年代臺灣的文化影響不少，著作有《平原極目》、《天國不是我們的》、《張愛玲雜碎》、《唐文標雜碎》……等多部，以評論及雜寫為主。

《平原極目》（臺北環宇出版社，一九七二）是唐文標的第一本書，分「公無渡河」及「人的探試」兩卷。上卷「公無渡河」收的是詩和散文，以創作的時間為序，第一首〈聽兒夜啼〉寫於一九五五年，當年唐文標才十九歲，剛入讀香港新亞書院，可見他很早就開始寫作。代表詩作〈公無渡河〉創作於一九六〇年代的舊金山時期，可見他在美國的初期仍是熱衷於現代詩創作的。下卷「人的探試」收的是〈平原極目〉及〈人的探試〉等幾篇電影論文。唐文標對《平原極目》中的詩和散文有偏愛，晚年編《唐文標散文集》（臺北時報文化，一九八四）時，也不嫌它們是現代詩，編為書的第三部份。

唐文標《平原極目》

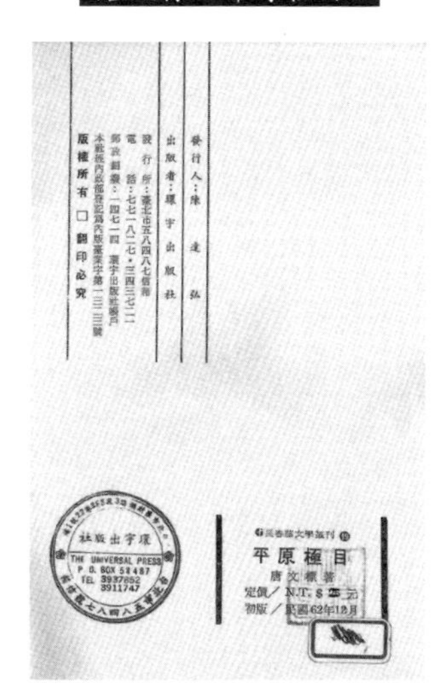
發行人：陳達弘
出版者：環宇出版社
發行所：臺北市五八四八七信箱
電話：七七一八二七・三四三七二一
郵政劃撥：一四七一四　環宇出版社帳戶
本社經內政部登記爲內版臺業字第一三三三號
版權所有 □ 翻印必究

環宇出版社
THE UNIVERSAL PRESS
P. O. BOX 58487
TEL. 3937852
3911747

平原極目
唐文標著
定價／N.T.$ 25 元
初版／民國62年12月

唐文標《平原極目》版頁

《唐文標散文集》

唐文標紀念集

唐文標一九八四年受邀到香港參加第八屆國際電影節，得與前輩文人柯靈會晤，倆人交淺言深，相談甚歡。此所以唐文標的好友關博文及南方朔等，在一九九五年編好唐文標逝世十周年紀念集《我永遠年輕》後，即請柯老題字，交北京三聯書店出版，初版即印七千冊，廣為流傳。

《我永遠年輕》（臺北東大圖書公司，一九八〇）是唐文標生前所出的一本評論集，紀念集用相同的書名，寓意為唐文標的精神不死，不僅留存於世，而且永遠年輕。紀念集《我永遠年輕》，近三十萬字，書分五輯，前面的三輯是論說、散文和詩作，都是從他已出的文集中選編的，重點放在後面的「遺稿」和「追思與回憶」兩輯。

「遺稿」收的是唐氏生前未結集的文稿七篇，重要的是〈臺灣民變史導論〉、〈臺灣新文學史導論〉和〈「擬歷史小說」的流行〉數篇。「追思與回憶」收他的好友孫述寰、黃武雄、曾仲魯、李信明……等人的追思文章。我覺得最有實用價值的，是南方朔和關博文的序跋，及〈唐文標先生年表〉。唐文標移居美國及到臺灣定居之歷程，此年表記述甚詳，但，他一九四九年到港，至一九五六年離開前，在香港的創作，與崑南、何源清等人組織「文生文學研究社」的青少年文藝生涯卻隻字未提！

唐文標紀念集《我永遠年輕》

图书在版编目(CIP)数据

我永远年轻：唐文标纪念集/关博文编． －北京：生活·读书·新知三联书店，1995.12
ISBN 7－108－00892－0

Ⅰ．我… Ⅱ．关… Ⅲ．文学－作品集－中国－当代 Ⅳ.I217.2

中国版本图书馆 CIP 数据核字（96）第 04458 号

封面设计 张　红
版式设计 赵学兰
出版发行 生活·讀書·新知三联书店
北京朝阳门内大街 166 号
邮　　编 100706
经　　销 新华书店
印　　刷 北京通县觅子店印刷厂
版　　次 1995 年 12 月北京第 1 版第 1 次印刷
开　　本 850×1168 毫米 1/32　印张 13.125
字　　数 290 千字
印　　数 0,001—7,000 册
定　　价 18.00 元

《我永遠年輕》版頁

張愛玲的禁書

唐文標熱愛張愛玲的創作，整個一九七〇年代都在呼籲朋友們從世界各地的圖書館，盡力搜尋一切與她有關的資料，並編寫過《張愛玲雜碎》（臺北聯經，一九七六）、《張愛玲卷》（臺北遠景，一九八二）和《張愛玲研究》（臺北聯經，一九八三）。其實，最能表現唐文標對張愛玲之狂熱的，當推如今大家見到的這本《張愛玲資料大全集》（臺北時報出版公司，一九八四）。

《張愛玲資料大全集》是十六開本，三八三頁，由唐文標主編，並由他的好友關博文和孫萬國全力協助，書分五輯：第一部份是照片和圖片，包括了她的插圖、漫畫、書籍封面……，極具文獻價值；第二部份是佚文和殘稿；第三部份是和張愛玲有關的訪問和座談；第四部份是評介張愛玲的文章；最後是張愛玲雜碎，包括了一些她中學時期刊在校刊上的少作。全書均為原版影印本，與修改後再出的單行本頗有不同，對研究者甚有幫助。

《張愛玲資料大全集》出版後，「不知何故」突然要回收，流出市面的不多，當年我還在開書店，只賣出過三冊即斷市，二十六年來未曾再見，近日在某拍賣網站上首次出現，拍價以千作單位，張迷們定必發狂矣！順帶一提：遠景版的《張愛玲卷》，初版四千冊後，亦因某些難以解決的問題而不再版，如有發現，幸勿失之交臂！

《張愛玲資料大全集》

《張愛玲資料大全集》
封底

時報書系516
張愛玲資料大全集
編　者　唐文標・孫萬國・關博文
發行人　儲京之
出版者　時報文化出版事業有限公司
地　址　台北市大理街一三二號
電　話　三一二一八四二
郵政劃撥　一〇三八五四
印刷者　沈氏藝術彩色印刷有限公司
地　址　臺北縣中和市中山路二段四二一號
初　版　中華民國七十三年六月二十五日
登記證　行政院新聞局局版台業字第〇二一四號
定價新台幣四五〇元
如有缺頁破損請寄回調換

《張愛玲資料大全集》版權頁

黃坤堯的旅歌

我喜歡看學者和名作家們的處女集，因為我深信一個人的成功絕非一步登天，而是在歲月中磨練，慢慢摸索，才能走進殿堂的。看他們的處女集，最能了解到艱苦的過程和他們心路歷程的演變，閱讀的趣味也更濃郁，享受更高的層次。尤其是散文集，寫作者年輕時的那份純真，未受社會人事污染，感人至深。

香港中文大學教授黃坤堯是著名的學者，對舊體詩研究甚深，但，他走過來的，是平坦的大道，還是迂迴曲折的小徑？他年輕時的心路歷程是怎樣的？從他這本散文處女集《舟人旅歌》（臺北地球出版社，一九七四）中便可略知一二。

從資料顯示，黃坤堯出生於澳門，一九七二年畢業於臺灣師範大學，一九八七年獲香港中文大學哲學博士，並任教至今。他在《舟人旅歌》的自序中說，大三的時候受繆天華老師鼓勵，寫了十多篇散文，發表於《大眾日報》的副刊後，開始學習寫作。書中第一輯的十四篇抒情散文，就是當時的作品。第二輯二十多篇小品，則是他在臺學習和教書時寫的。本書的主力在三十多篇的第三輯，全是一九七三年到香港生活後所寫，並在馬來西亞《前衛》及《竹原》上所發表的。從這幾十篇散文中，我們看到一顆年輕的，到處飄泊而不安定的心，和其後在港安居三十多年，成就斐然的教授比，完全是兩回事！

黃坤堯的《舟人旅歌》

舟　人　旅　歌

中華民國六十三年十月初版
定價：新台幣叁拾元
港幣肆元
著者：黃坤堯
香港九龍廣東道836號8樓
出版者：地球出版社
香港發行：大地出版社
澳門發行：環球書局
[illegible]版登記證內版臺業字第2150號

《舟人旅歌》版權

愛玩耍的「火鳥」

原名袁德星的楚戈（一九三一至二〇一一）是湖南汨羅人，他是國際知名的藝評家和藝術家，同時也是以詩聞名的臺灣文人。楚戈的第一本創作是詩集《青菓》（臺北駝峰出版社，一九六六），跟着是藝術評論集《視覺生活》（臺灣商務印書館，一九六八）和紀錄文藝座談會的《紀錄文學》（臺北十月出版社，一九六九）。第一本散文創作集，則是大家如今見到的《再生的火鳥》（臺北爾雅出版社，一九八五），封面畫和題字，都是他自己的手筆。

一九八〇年楚戈罹患鼻咽癌，經過三年放射治療的折磨，從鬼門關轉了一圈回來。朋友們為了慶賀他重生，替他搜集過往多年來發表的散文，編了這本《再生的火鳥》。楚戈則認為：文章發表後，得以結集存放一起，是另一種「重生」。

《再生的火鳥》有三百多頁，分「生死之間」、「玩耍人生」、「自然的召喚」、「交遊與見證」、「牧歌」、「拾零集」和「故事」七輯，收散文近三十篇，是本藝術論文以外的純散文集。最難得的是書後還附有由他自己撰寫的〈楚戈寫作年表〉，紀錄了他一九八五年前的寫作活動和生命歷史。

以漢字寫作的韓國文人許世旭是楚戈的好友，為他寫序時，強調了他一生「玩寫字、玩水墨、玩詩文、玩煙雨、玩溪流……」，都玩得盡興且投入，是愛玩耍的「火鳥」。

《再生的火鳥》書影

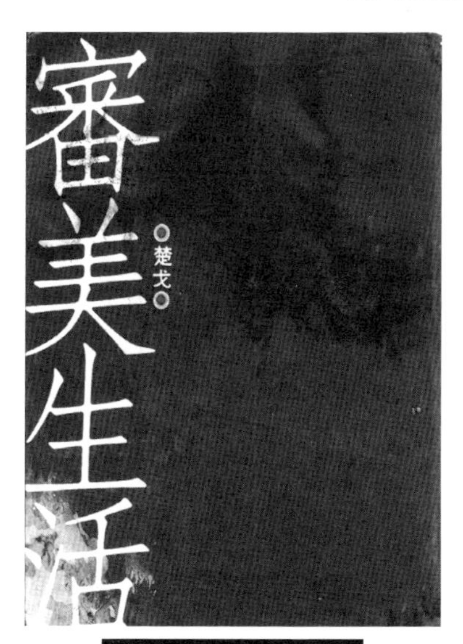

楚戈的《審美生活》

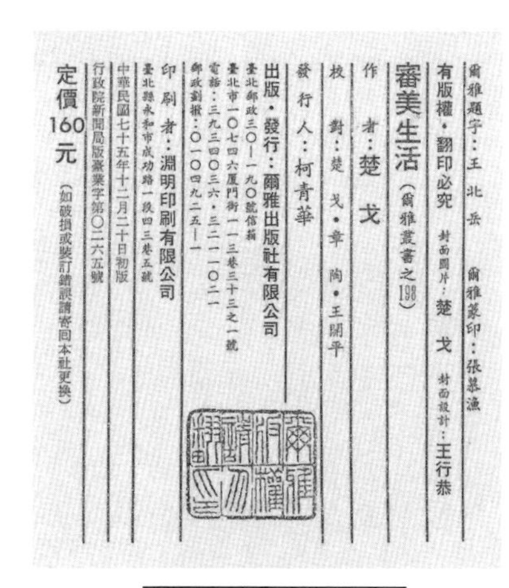

爾雅題字：王北岳　爾雅篆印：張慕漁

有版權・翻印必究　封面圖片：楚戈　封面設計：王行恭

審美生活（爾雅叢書之198）

作　者：楚　戈

校　對：楚　戈・章　陶・王開平

發行人：柯青華

出版・發行：爾雅出版社有限公司

臺北郵政三〇―一九〇號信箱

臺北市一〇七四六廈門街一一三巷三十三之一號

電話：三九三四〇三六・三二一一〇二一

郵政劃撥：〇一〇〇四九二五―一

印刷者：淵明印刷有限公司

臺北縣永和市成功路一段四三巷五號

中華民國七十五年十二月二十日初版

行政院新聞局版臺業字第〇二六五號

定價160元

（如破損或裝訂錯誤請寄回本社更換）

《審美生活》版權

楚戈詩畫雙絕

我喜歡楚戈（一九三一至二〇一一）的畫，連帶也喜歡看他的文章。因此，在讀了他的畫冊《楚戈作品集》，雜文《審美生活》、《再生的火鳥》和《如火的傳奇》後，意猶未盡，很想讀讀他的詩畫合集《散步的山巒》（臺北純文學出版社，一九八四）。一九六〇年代初，丁平主編香港文學期刊《文藝》，差不多全由楚戈插圖，其中不少他詩畫合刊的作品，印象深刻，五十年後不敢忘，可惜《散步的山巒》一直失之交臂，未見。沒想到最近一次香港舊書拍賣會上，居然有此書上拍，標價僅一百元，我以暗標一百五十出價，一舉而得，可見楚戈還是很冷門。更巧合的是此書乃黃俊東兄流出之寶，我們共同的喜好，何其相似！

楚戈寫詩是一九五〇年代，他十八至二十八歲時的事，抒發的是年輕的激情與懷鄉情結，本無意結集，機緣巧合得「純文學」主人林海音一再催促，張默、向明等人協助搜尋發掘，這部彩色精印，詩畫互配的《散步的山巒》，才能以「古物出土」面世。楚戈在後記中強調詩要多情才能感人，並認為自己當年是虛無而不多情的人，所以詩寫不好。然而，我們從《散步的山巒》三輯近七十首詩看，年輕的楚戈，不僅多情，他樂天純真的自我，在長長短短的句子裏，在色彩鮮豔、樸拙的構圖中，已無聲無息地傳給讀者，令人感受到他心底的愛，享受了幽美的意境。

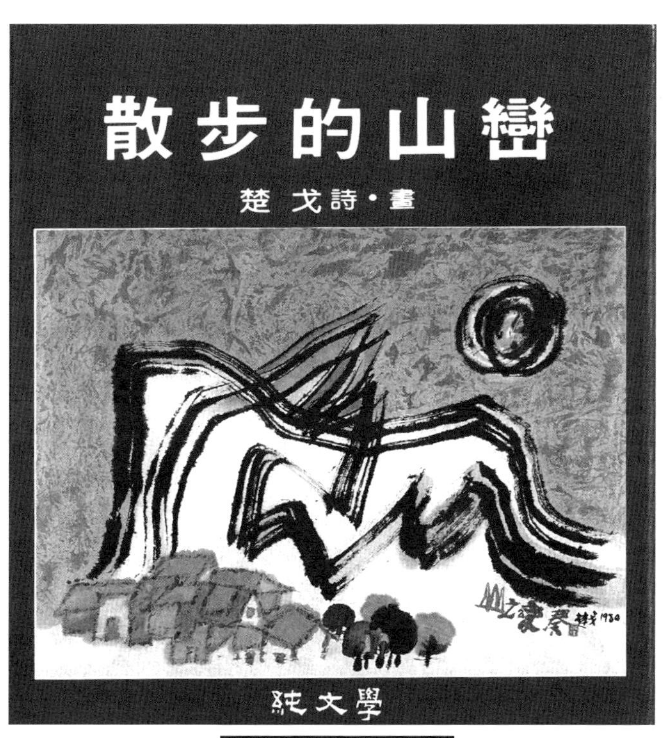

《散步的山巒》書影

純文學叢書127

散步的山巒

定價180元

著　者：楚　戈
出版者：夏　林　含　英
發行者：純文學出版社有限公司
臺北市重慶南路三段三十號
電　話：3016464・3030161
郵撥帳號：0005333－1
印刷者：沈氏藝術印刷股份有限公司
臺北縣中和市中山路二段四二一號
打　字：文盛企業有限公司
臺北市汀州路四二六號二樓
裝訂者：三文裝訂廠
臺北市德昌街十巷十號
中華民國73年8月初版首次印刷
中華民國73年12月初版第2次印刷
新聞局出版登記證：局版臺業字第〇八九七號

・本書如有破損或裝訂錯誤，請寄回本社調換・

《散步的山巒》版權

懷念許芥昱

窗外「浣熊」在咆哮，狂風暴雨猛力敲擊着窗戶，維港兩岸的燈火都被淹沒在黑雨的背後，我突然想起許芥昱來。

一九八二年一月四日，豪雨在三藩市灣區任意肆虐，一堆傾瀉的山坭把「枕山釣海樓」衝塌，把學人許芥昱捲走了！

許芥昱（一九二二至一九八二）生於四川成都，一九四〇年入讀西南聯大，主修工程，但對文學卻有濃厚的興趣，曾企圖跟沈從文學寫小說，隨聞一多寫詩，可惜因時局不穩定，家事煩瑣，未成事。但許芥昱非常仰慕聞一多，他那把終生未剪的山羊鬍子，正是「聞一多式」的招牌。

一九四四年，許芥昱得清華大學文學士後，旋赴美任中國空軍駐美首席翻譯官及語言顧問，後得俄勒崗大學新聞學碩士，史丹福大學中國現代文學及思想博士。許芥昱畢生從事教育，在美國多間大學教授，致力推動中國現代文學的研究，桃李滿門，成就最高的得意門生葛浩文（Howard Goldblatt），是首位以研究蕭紅得博士學位的外國人。

許芥昱不幸離世後，葛浩文與好友香港留美學人張錯，合編《永不消隱的餘韻》（香港廣角鏡，一九八二），副題《許芥昱印象集》收錄許氏數十友好的文章，悼念這位一代學人！

許芥昱在講學

《永不消隱的餘韻》是懷念許芥昱的專集

許芥昱的《秋絲草》

《永不消隱的餘韻》是十六開本，一七〇頁，收柳無忌、袁可嘉、蕭軍、戈寶權、趙無極、余光中、聶華苓、白先勇、鄭愁予、陳若曦……等四十九人的幾十篇悼念文章，記述了他們與許芥昱交往的經過，書前書後還有他的年譜、照片和他的墨寶及著作表，作為一本記念集，算是非常詳盡的了。

此中最有價值的，是季博思（Donald A. Gibbs）的〈許芥昱對漢學的貢獻〉，他特別推崇了許芥昱的《二十世紀中國詩》、《周恩來傳》和《中華人民共和國文藝》等著述。

許芥昱多才多藝，他著作等身外，還擅書畫，開過展覽；他的著述多以外文寫成，中文版的小說，只有《秋絲草》（臺北時報，一九八二）。

《秋絲草》是大三十二開本，一七三頁，收〈小手提箱〉、〈青年叛徒〉、〈燈籠上的玻璃〉……等十個短篇和劇本〈我是一個美國人〉，都是他一九四〇及五〇年代的作品。金恆煒在代序〈狂狷的詩人儒雅的文士〉中，說許芥昱計劃休假一年或在退休後開始他寫小說的大計，可惜永遠不能實現了！

最諷刺的是《秋絲草》出版於一九八二年一月一日，三天後遭意外的許芥昱，大概未能見到這本在地球另一面臺北出版的小說集！

許芥昱在寫作中

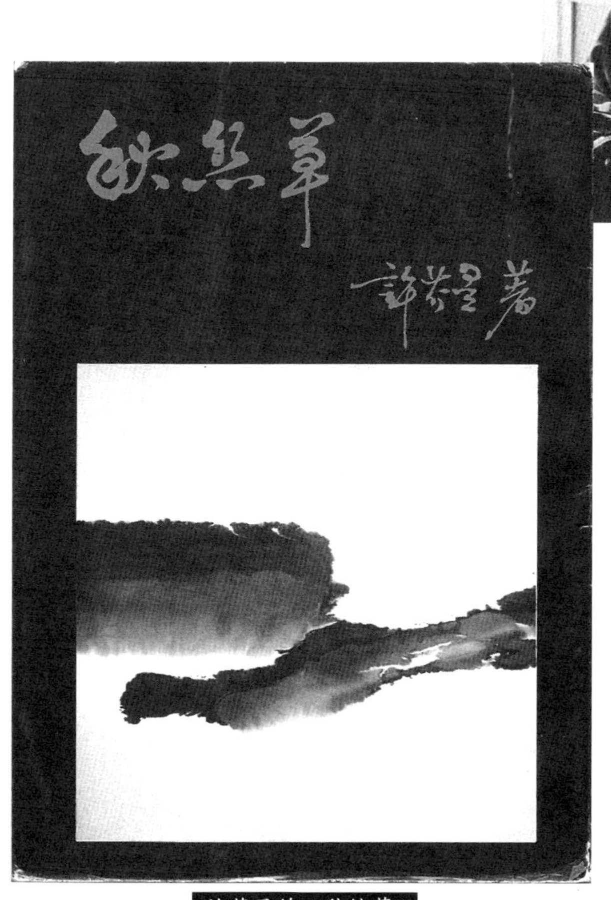

許芥昱的《秋絲草》

凡夫俗子袁則難

內地及本港讀者，知道袁則難（一九四九出生）的人恐怕不多。他在本港出生，一九六四年還在赤柱聖士提反中學讀書時，已在《中國學生周報》上發表短篇小說〈小丑之歌〉。其後於一九七〇年赴美，在華盛頓州立大學得藥劑師學位，定居三藩市。袁則難留學期間創作甚多，發表於當地及臺灣報刊。我手邊存他的小說集《不見不散》（香港三聯書店，一九八五）、《煙花印象》（臺北聯合文學，一九八八），散文集《凡夫俗子》（臺北爾雅出版社，一九八五）、《不枉此生》（臺北爾雅出版社，一九九〇）；詩集《飛鳴宿食圖》（臺北林白出版社，一九七四）未見。

袁則難在美最初的幾年，寂寞而失落，拼命抽煙、酗酒，往岔路愈走愈遠，幸好知道回首，用創作麻醉自己，讓生活過得更有意義。他在《凡夫俗子》的代序〈書、面具與回顧〉中，說散文是「赤裸」的，是思想、感情及生活細節的記錄，最能了解作家的內心世界。讀完本集中的三十多篇散文，你會了解到袁則難是個怎樣的人，你會明白一個人孤獨地在異鄉生活的悲哀。

書內最吸引我的，是幾篇香港日記，寫袁則難一九八三年回港探親時，目睹香港人對九七回歸的恐懼，社會的混亂，文章透出來的，是他對出生地及家人濃濃的愛。

《不枉此生》後已二十年了，何以不見他再結集？

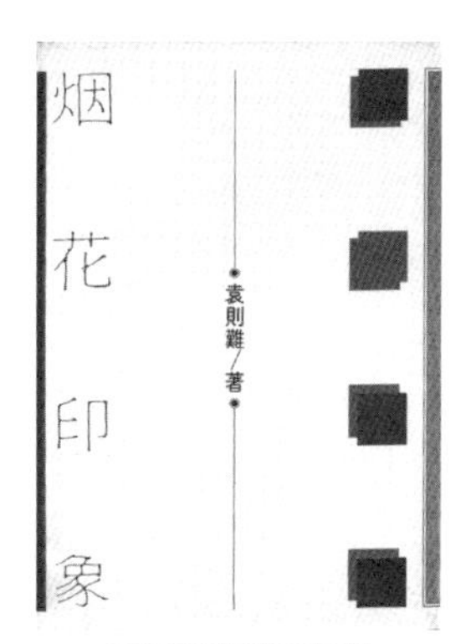

《煙花印象》

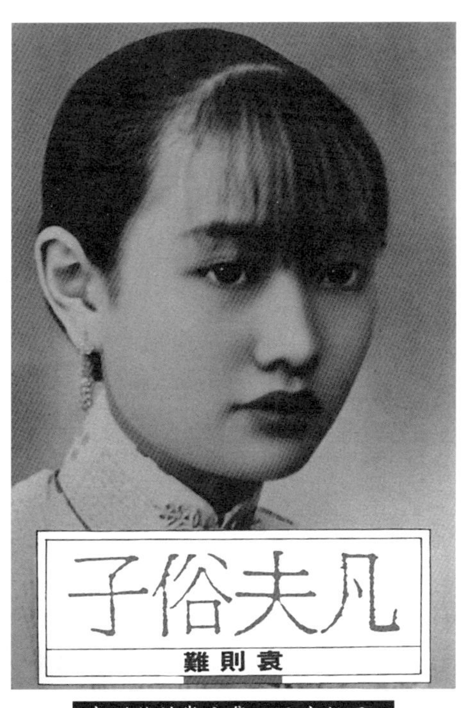

袁則難的散文集《凡夫俗子》

《不見不散》

凡夫俗子蔡文甫

袁則難出版與自身關係密切的散文集時定名《凡夫俗子》（臺北爾雅出版社，一九八五），無獨有偶，蔡文甫（一九二六出生）出版他的自傳時，也定名為《天生的凡夫俗子》（臺北九歌出版社，二〇〇一）。事實上他們都以此「自謙」，因為「凡夫俗子」出自傳是毫無意義的，只有生命過程典型突出，才有閱讀與出版的價值。袁則難雖不是社會名流，總算是曾經誤入「酒途」復返的專業藥劑師，出過幾本書的作家；蔡文甫則是白手興家，由軍人而教師，而小說家，而出版企業家的成功人士。

《天生的凡夫俗子蔡文甫自傳》是本二十多萬字的巨著，以「大哥主導 · 攀越險鋒」、「突破浪潮 · 成長苦澀」、「教學與創作齊飛」、「耕耘華副廿一年又一月」、「奏九歌而舞韶兮」等五章，毫不保留地敍述了這位年輕的小兵一九五〇年赴臺後掙扎向上的奮鬥歷史。書內的介紹段落這樣寫他：

苦讀自學，於黑暗中摸索，在小說世界中覓得一片天。從軍人到教職，從作家到副刊主編，並創辦九歌出版社，至今擁有一系列出版事業及文學書屋，且成立九歌文教基金會以回饋社會。

蔡文甫寫自傳時是七十五歲，如今又過去十年有多了，「九歌」的出版事業又創了不少高峰，他的自傳應該補寫新一章了！

蔡文甫的自傳

版權所有　翻印必究

九歌文庫954

天生的凡夫俗子

——蔡文甫自傳

著　　者：蔡　文　甫
發 行 人：蔡　文　甫
責任編輯：何　靜　婷
發 行 所：九歌出版社有限公司
臺北市八德路3段12巷57弄40號
電話／25776564・25707716
郵政劃撥／0112295-1
網　　址：www.chiuko.com.tw
登 記 證：行政院新聞局局版臺業字第1738號
門 市 部：九歌文學書屋
臺北市長安東路二段173號（電話／27773915）
印 刷 所：崇寶彩藝印刷有限公司
法律顧問：龍雲翔律師・蕭雄淋律師・董安丹律師
初　　版：2001（民國90）年10月4日

定　價：360元

ISBN 957-560-828-3　　Printed in Taiwan

（缺頁、破損或裝訂錯誤，請寄回本公司更換）

版權

江南的第一本書

一九八四年，華裔作家江南（一九三二至一九八四）在三藩市家中停車場遭人伏擊，中槍遇害，據說是黑幫暗殺，死因存疑。江南除了擅寫政治人物傳記外，還寫過不少遊記和雜文，比較常見的是《江南小語》和《江南雜語》，他第一本書《香港記行》（臺中臺灣日報社，一九六六），我還是第一次見到。

一九六六年初，當時任職《臺灣日報》記者的江南，被派到香港考察，得新聞天地社卜少夫之助，江南在香港逗留了十多天，走遍港九各地，接觸了各階層的人物，收集了大批材料。回臺後為《臺灣日報》撰寫連載的報導多篇，他以港臺兩地的社會環境互相對照比較，報導極受歡迎，報社隨即輯錄成書。《香港記行》約八萬多字，收〈天堂？地獄？〉、〈「沿步路過」〉、〈冒險家天地〉、〈淚 · 美人 · 白光〉、〈香港雙絕〉、〈文化使節〉、〈問俗篇〉……等二十多篇，寫的是一九六六年香港社會眾生，江南留港不足半月，能如此仔細介紹香港，難得！

江南本名劉宜良，江蘇靖江人，童年在戰亂中渡過，斷斷續續的受教育，並受過特別的訓練，最後成為國際注目的新聞人物及作家，一生充滿傳奇，很吸引好奇心強的讀者探究。《香港記行》最後一篇〈江南人語〉近六千字，是江南的自傳，記述他的家世及前半生的經歷，是重要的一手資料。

江南的第一本書《香港記行》

臺灣日報叢書之二

香港記行

定價每冊十元

著作人：江 南

發行人：夏 曉 華

出版者：臺灣日報社

臺中大里內新路十六號

印刷者：臺灣日報社

印 刷 廠

郵政劃撥儲金帳號：

中字第二二〇六六號

中華民國五十五年七月初版

版權頁

鹿橋和他的書

出生於北平的福建閩侯人鹿橋（一九一九至二〇〇二）原名吳訥孫，一九四二年畢業於西南聯大外文系，得獎學金入耶魯大學轉修美術史，並於一九五四年得藝術史博士，後任教於各著名大學多年。鹿橋在西南聯大就讀時，已熱愛寫作，一九四〇年參加上海《西風》雜誌的徵文比賽，以〈我的妻子〉奪第八名，排名遠超得第十二名的林適存和第十三名的張愛玲。

這刺激起他開始執筆寫擲地有聲的巨著《未央歌》，這本數十萬言，以西南聯大學生作背景的長篇小說，一九四五年在耶魯就讀時完稿，但要等到一九五九年才能在香港人生出版社初版，一九六七年由臺灣商務印書館刊行後廣為人知，自此印行數十版，長居中文小說暢銷書前列數十年。其後他又出版了小說《人子》（臺灣遠景，一九七四）、散文集《懺情書》（臺灣遠景，一九七五）和《市廛居》（臺灣時報，一九九八）。

《懺情書》收的是他在昆明時期寫的日記、小說和雜寫，但《市廛居》卻是他在美國寄居數十年的生活雜記，可了解鹿橋去國多年的心境。全書近二十萬字，收「市廛居」、「利涉大川」和「人物憶往」三輯共三十多篇雜文。最值得一提的是回憶張愛玲的〈委屈、冤枉，追慰一代才女張愛玲〉，以同代人的視角寫張愛玲，頗值得張迷們參考。

鹿橋的《市廛居》

新人間叢書㉙

市廛居

作　者——鹿橋
董事長
發行人——孫思照
社　長——莊展信
出版者——時報文化出版企業股份有限公司
台北市108和平西路三段二四〇號四F
發行專線——(〇二)二三〇六—六八四二
讀者免費服務專線——〇八〇—二三一—七〇五
(如果您對本書品質與服務有任何不滿意的地方，請打這支電話。)
郵撥——〇一〇三八五四～〇時報出版公司
信箱——台北郵政七九～九九信箱
電子郵件信箱——liter@mail.chinatimes.com.tw
網址——http://publish.chinatimes.com.tw/

主編——鄭麗娥
編輯——邱淑鈴
校對——陳維信、鹿橋
排版——凱立國際印前印刷股份有限公司
製版——成宏照相製版有限公司
印刷——協昇印刷事業股份有限公司
初版一刷——一九九八年十二月八日
定價——新台幣二八〇元

◎行政院新聞局局版北市業字第八〇號
版權所有　翻印必究
(缺頁或破損的書，請寄回更換)

《市廛居》版權

二十六歲時的鹿橋

與鹿橋的書緣

一九七〇至八〇年代我開書店的時候，鹿橋的《未央歌》和《人子》都是很暢銷的書，每次進貨很快就售罄，時常都想抽時間讀讀，但因為那年代我身兼「七職」，完全沒有時間讀書。一晃二三十年，直到半年前，從舊書店裏撿到了他的《市廛居》（臺北時報，一九九八），受他建「延陵乙園」的蠻勁及毅力感動，一讀之下愛不釋手。到書店去想找本《未央歌》看看，奇怪的是這麼暢銷的書，居然也買不到！

因為喜歡《市廛居》，上網查鹿橋，意外地碰到他的紀念集《鹿橋歌未央》在拍賣，便搶下來。讀《鹿橋歌未央》後，對此人的興趣更濃，終於抽出一個下午，下決心跑齊香港的舊書店搜購「鹿橋」。「皇天不負有心人」，在我與鹿橋書緣的牽引下，我終於買齊了他的書。《人子》是遠景的一九九二年版，《懺情書》是二〇〇二年的第十二版，《未央歌》則是臺灣商務一九七六年的第十五版，從這些版次看，可見鹿橋是極受歡迎的！

《懺情書》又叫《〈未央歌〉別冊》，書分「藍紋」與「素材」兩部份，收散文三十餘篇。鹿橋在〈前言〉中說集內的文章均取自他十九至二十歲，在西南聯合大學讀書時的日記和雜感冊子，記的是構思《未央歌》和《人子》時的思潮、材料或初稿。我則覺得這是戰時一個文藝青年愁緒的記錄。

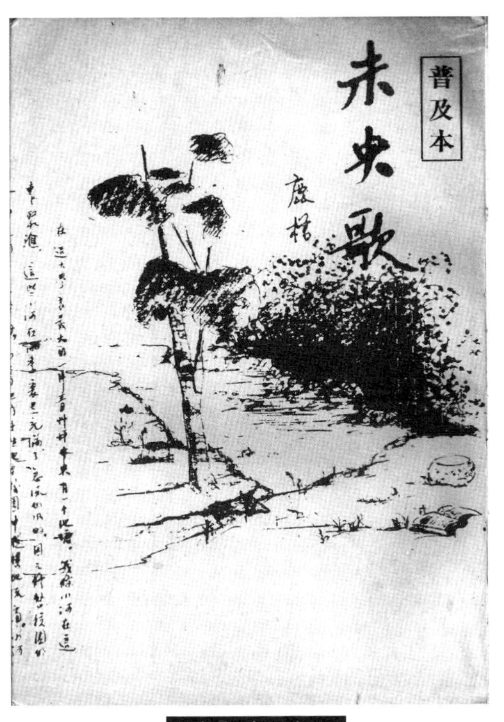

《未央歌》書影

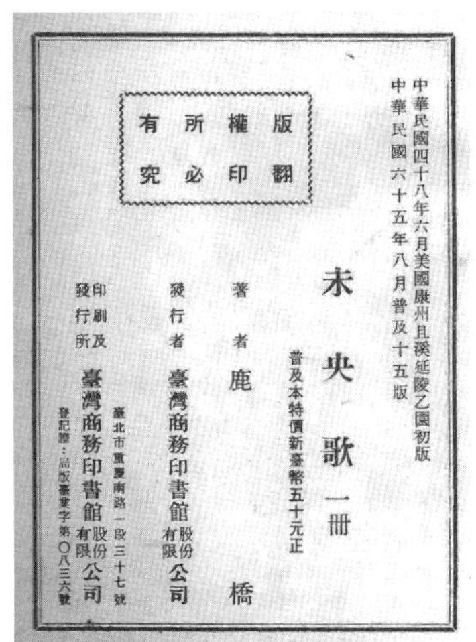

中華民國四十八年六月美國康州且溪延陵乙園初版
中華民國六十五年八月普及十五版

未央歌 一冊
普及本特價新臺幣五十元正

著者 鹿橋
發行者 臺灣商務印書館股份有限公司
印刷及發行所 臺灣商務印書館股份有限公司
臺北市重慶南路一段三十七號
登記證：局版臺業字第〇八三六號

版權所有 翻印必究

《未央歌》版權頁

又叫《〈未央歌〉別冊》的《懺情書》

延陵乙園主人

儘管鹿橋出版了《未央歌》等四部作品，加上英文版專業著述《中國與印度建築》（紐約，一九六三），和不少未結集的論文、雜寫，但對於一個從事研究及創作歷六十年的學人來說，還是比較少的。原來鹿橋把他大半生的精力，用於建設他個人的「伊甸園」—— 延陵乙園。

一九四九年，鹿橋在耶魯大學取得美術史碩士學位後，半工讀博士之餘，在康乃迪克州自訂名「且溪」的地方，開始建造個人的靈修地「延陵乙園」，這個大莊園有山溪、有樹林、有巨石……，還有他親自拾取舊木建成的小房子，用血汗開墾的小路。鹿橋在美國東岸打造了一處讓文人雅敍的樂園，每年六月初接待從各方聞風來的文人雅士，在此文酒之會，據說每次聚會多至數百人。延陵乙園是鹿橋畢生的傑作，是他的理想國。

鹿橋一九九六年罹患直腸癌，延至二○○二年在波士頓逝世，世侄女作家樸月和他四位兒女，搜集歷年來所藏文件、照片數十幀，又徵得多篇由楚戈、雷戊白、張素貞……等人寫鹿橋的文章，並由他的好友謝宗憲撰鹿橋的小傳及年表，以「鹿橋小傳」、「幸會鹿橋」、「《未央歌》人物寫真」、「《未央歌》書評」、「來鴻去雁」……輯成這本厚五百頁的《鹿橋歌未央》（臺灣商務印書館，二○○六），為他一生劃上了句號。

鹿橋的紀念集《鹿橋歌未央》

博雅文庫

鹿橋歌未央

文庫主編◆吳涵碧
編著者◆樸月
發行人◆王學哲
總編輯◆施嘉明
主編◆葉幗英
美術設計◆吳郁婷

出版發行：臺灣商務印書館股份有限公司
台北市重慶南路一段三十七號
電話：(02)2371-3712
讀者服務專線：0800056196
郵撥：0000165-1
網路書店：www.cptw.com.tw
E-mail：cptw@cptw.com.tw
網址：www.cptw.com.tw

局版北市業字第 993 號
初版一刷：2006 年 2 月
定價：新台幣 390 元

ISBN 957-05-2025-6

《鹿橋歌未央》版權

蕭紅專家葛浩文

中文名葛浩文（Howard Goldblatt，一九三九出生）的美國著名翻譯家，是印第安那大學中國文學博士，曾受業於柳無忌和許芥昱。他的翻譯嚴謹而講究，「讓中國文學披上了當代英美文學的色彩」，還被喻為中國現當代文學的「接生婆」，是目前英文世界地位最高的中國文學翻譯家。他譯過蕭紅、陳若曦、白先勇、古華、賈平凹、莫言……等人的作品，最重要的當然是「蕭紅」，因為沒有蕭紅，就沒有葛浩文

一九七〇年代初起，葛浩文兩次前往日本、香港和臺灣，尋訪蕭紅故友，搜集史料以完成其成名作博士學位專著《蕭紅評傳》（香港文藝書屋，一九七九），是蕭紅研究最重要的文獻。

葛浩文可以用中文寫作，劉以鬯編的《中國新文學叢書》中，就收有他的《漫談中國新文學》，後來又出了《弄斧集》（臺北學英文化事業有限公司，一九八四）。這本二十多萬字的文集，收「東北作家群」、「中國現代文學」、「書評・序文」、「悼文」和「散文」五輯，書後還有他的寫作年表。葛浩文在後記中說他的這些文章是「班門弄斧」，實在過謙了，事實上《弄斧集》是本擲地有聲的現代文學著述。

我的這本《弄斧集》是葛浩文一九八九年簽贈的，撫書懷人，沒見面二十多年了，想他必已退休，安享晚年了！

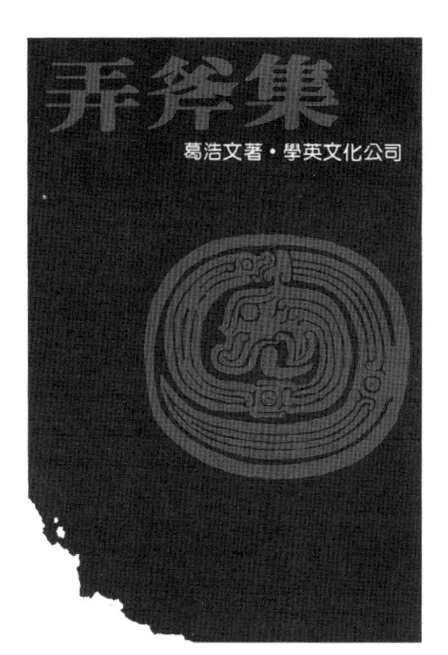

葛浩文的《弄斧集》

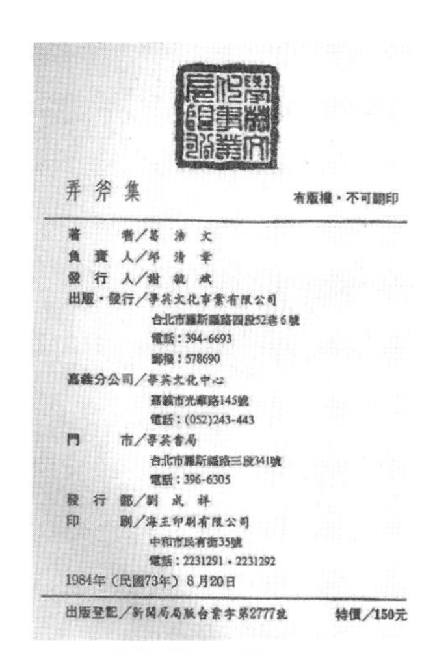

弄斧集　　有版權・不可翻印

著　　者／葛浩文
負責人／邱清[illegible]
發行人／謝[illegible][illegible]
出版・發行／學英文化事業有限公司
台北市羅斯福路四段52巷6號
電話：394-6693
郵撥：578690
嘉義分公司／學英文化中心
嘉義市光華路145號
電話：(052)243-443
門　　市／學英書局
台北市羅斯福路三段341號
電話：396-6305
發行部／劉成祥
印　　刷／海王印刷有限公司
中和市民有街35號
電話：2231291・2231292
1984年（民國73年）8月20日

出版登記／新聞局局版台業字第2777號　　特價／150元

《弄斧集》版權

葛浩文的《漫談中國新文學》

突然想起三毛

一九七六年，三毛（一九四三至一九九一）的首部小說集《撒哈拉的故事》初次抵港時，我在灣仔經營一所二樓文史哲書店，見證了此書受歡迎的程度：代理不肯掛賬，不單要現金取貨，還得要配給；然而，書到了才兩三天，又缺貨了！

我不是「三毛迷」，但作為一所書店的主持人，我應該要知道書籍暢銷的原因。當年孤身上路的「自由行」還未流行，三毛和荷西的甜蜜新婚，撒哈拉的異域風光，和三毛不顧一切的「吉卜賽式」流浪，深深地風靡了全港的年輕人，使人羨慕不已。三毛的書高踞暢銷榜，獨領風騷了好一段時日。

使我感到意外的，是這股「三毛風」愈吹愈烈。她去後，坊間湧現的《哭泣的百合》、《三毛最後的戀情》、《一個真實的三毛》……，與三毛有關的書籍多不勝數，此中資料最翔實，最具參考價值的，當數由北京及臺北兩岸作家：師永剛、陳文芬、馮昭和沙林等「粉絲」合編，三毛好友南方朔寫序的圖文紀念集《三毛私家相冊》（北京中信出版社，二〇〇五）。此書以《三毛畫傳》、《成都，最後的黑白影像》和《三毛臺北地圖》三輯，用十七萬字，配上由三毛家人提供的幾百幅彩圖組成。此中最值得一提的，是三毛最後一次返回內地，在四川由肖全攝的一組黑白藝術照尤其難得，熱愛三毛的愛書人絕不應錯過！

《一個真實的三毛》

《三毛私家相冊》

另一半的「噱頭」

舊日一些醒目的寫字人，會事先搜集及整理好一些年紀老邁或病重的名人資料，編輯成書擺在櫃頂；待名人兩腳一伸，立即落機推出書店或報攤，賣個滿堂紅，發死人財。這樣把握機會賺一筆的手法，香港俚語稱之為好「噱頭」。愛寫作的情侶或夫婦出合集以示恩愛，其實也是一種「噱頭」，因為你只要喜歡他們其中之一的，都不會介意接觸他的另一半，銷量很可能會增加一倍。此所以「雙葉叢書」能一輯再輯，銷數不錯。

一九七六年末，臺北《中華日報》副刊辦了次名為「我的另一半」的徵文，由作家寫寫他或她對另一半的看法。此舉相當有「噱頭」，不單作家來稿似雪片飛來，追看的讀者也很多。編輯部乘勢推出第一集《我的另一半》（臺北中華日報社，一九七七）作者有楊乃藩、司馬中原、趙淑俠、葉慶炳、三毛、思果……等，收文二十餘篇。兩個月後再推出第二集，如是者我見到的已有四集，收百餘位作家寫他們另一半的文章，感情豐富之餘，讀者並因此得知作家們琴瑟和鳴之樂，引人羨慕！

一套有好「噱頭」的書，不一定是好書，但一定是套好銷的書，中副的這套《我的另一半》，我買到的是一九七八年的第六版，不理它每版印多少，應該算是相當滿意的了。更何況事到如今又過去了二十多年，不知又印了幾版？

《我的另一半》第一集

《我的另一半》第四集

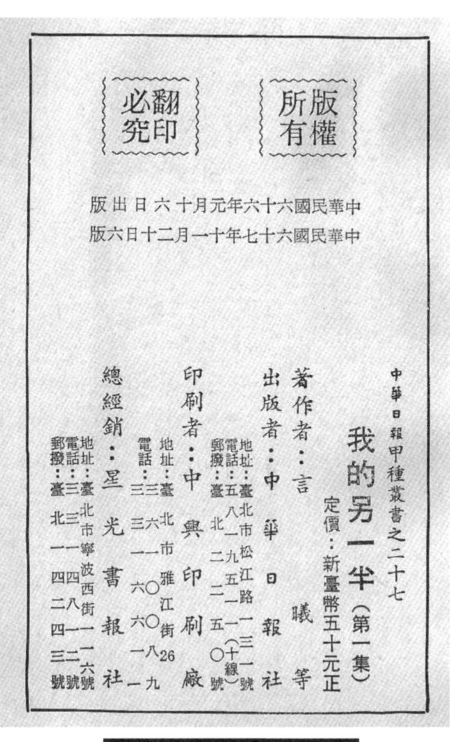

版權所有
翻印必究

中華民國六十六年元月十六日出版
中華民國六十七年十一月二十日六版

中華日報甲種叢書之二十七
我的另一半（第一集）
定價：新臺幣五十元正
著作者：言曦等
出版者：中華日報社
地址：臺北市松江路一三一號
電話：五八一九五一一（十線）
郵撥：臺北二二五〇號
印刷者：中興印刷廠
地址：臺北市雅江街26
電話：三六一〇〇八九 三三一六六一一
總經銷：星光書報社
地址：臺北市寧波西街一一六號
電話：三三一四八一二號
郵撥：臺北一四二四三號

《我的另一半》第一集
版權頁

《戲齣年畫》

讀古兆申的回憶錄《雙程路》（香港牛津大學出版社，二〇一〇），其中談及他一九九〇年代初，曾到臺灣漢聲出版社任編輯，為他們編了四套大書，特別提到他和陳輝揚合編的《戲齣年畫》（臺灣漢聲出版社，一九九一）。這套書印刷非常講究，他們用了中國式的「竹造紙」，配合了德國最新的六臺印刷機，以彩色印製。初版一萬冊，在一年內即售罄，連印六七版，聲名大噪，不單賺了大錢，還奪得當年的「金鼎獎」！

我少年時代的鄰居，住了位專為門神、關帝及年畫等印刷品加底色的大婿，每每見她把大刷往盛滿紅彩的碗盆裏一浸，隨即揮到單張上去，為印好的單張周邊掃一圈，一幅精彩的貼畫即已完成，每日能掃數千張，了不起。自此，對有關年畫的書很有興趣，也就很想看看他盛讚的《戲齣年畫》。

生長於年畫聖地楊柳青的王樹村，自小耳濡目染，花六十年時間收藏、專研，寫成八開本的《戲齣年畫》，四百頁分上下兩冊，外加硬殼封套，厚達六厘米，是件「龐然大物」。以線裝書形式印刷，幾全部彩色精印。書分「論述」和「圖譜」兩部份：「論述」部份詳述了「戲齣年畫」的淵源、盛衰、風格、形式和戲曲對年畫的啟發；「圖譜」則收錄了我國各地「戲齣年畫」的圖樣，色彩鮮豔，構圖引人入勝，是同類書籍中的扛鼎之作。

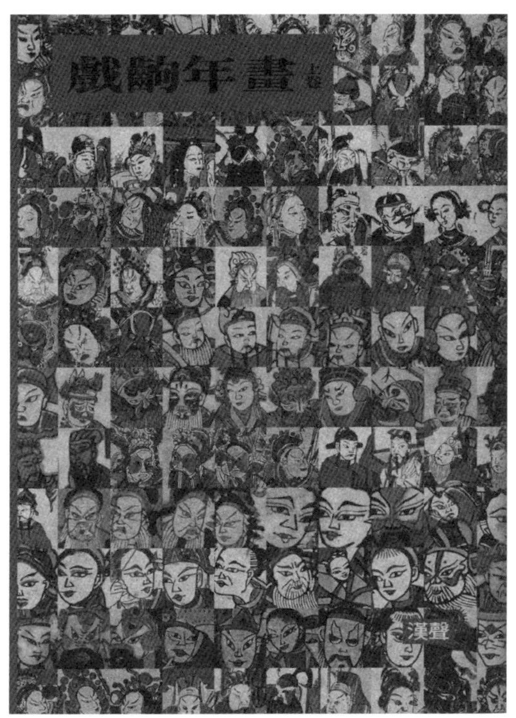

《戲齣年畫》書影

戲齣年畫
發行人：姚孟嘉
發行所：英文漢聲出版有限公司
社　址：中華民國台北市八德路四段
七十二巷十六弄五號之二
電　話：7655940・7631452～5
郵撥帳號：1034205-2
漢聲文化事業有限公司帳戶
行政院新聞局出版事業登記證：
局版台業字第一四六〇號
印　刷：沈氏藝術印刷股份有限公司
紙　張：長春棉紙廠股份有限公司
戲齣年畫零售每本定價新臺幣一二六〇元
上下卷合購定價新臺幣二五二〇元
法律顧問：國振法律事務所
陳文緯律師
●版權所有　不准翻印

《戲齣年畫》版權頁

非人的故事

在我的「醉書室」裏，除了大量的文學書，還有不少寫教科書時要用的參考書，旅遊書、推理小說和古怪的冷門書。買這些書時，明知三五年內無法抽時間讀，原先的目的是留待退休後慢慢嘆，從沒想過：人老了，視力不濟，每天看書不能超過五小時，況且科技進展神速，很多想看的書，早已為光碟及電視節目代替，對着一屋等待淘汰卻又捨不得淘汰的書，徒呼奈何！

此中有本經多次淘汰卻仍在手邊的《人非人》（臺北皇冠雜誌社，一九七六），是本難得一見的冷門怪書，此書為美國人 Frederick Drimmer 著，張時與黃勇合譯的。《人非人》全書八輯，收集的全是近代的「畸人」故事。試看看我們周遭的人物，或者用鏡子照照自己，你生來五官端正，四肢齊全，一定沒想過自己的「正常」原來已非常幸福，是上天的特別眷顧，你不會想到有些生出來身體有缺陷的「畸人」，他們的一生是怎樣度過的！

請大家看看此書的封面，右邊這位坐得四平八穩的紳士，驟看沒甚麼，細看原來他有「三隻腳」！左上的這位，舞臺生涯長達六十七年，為的是叫人把他當「白痴」看，因為他是「尖頭」的。左下的「橡皮人」能把臉皮拉成怪樣；還有連體人、雙頭人、法國鬚女、無臂琴師、狗臉男孩、陰陽人、象人……，這些是人，卻長得不像人的「非人」，上演的都是一幕幕悲劇！

《人非人》書影

《穿山甲人》

天生肢體有缺陷的「畸人」，如非生在大富之家，成長只有兩種途徑:一是躲在隱閉的角落渡過殘生，一是賣身到馬戲團裏，以自身的不幸換取生活。《人非人》的作者寫作該書前，曾派人前赴威斯康辛州的巴拉波城去，因為那是「畸人」馬戲團的大本營，博物館裏藏有大量的「畸人」資料。但，今天我們要談的，卻是有華裔血統的「穿山甲人」張四妹，她天生罹患難以根治的皮膚「魚鱗癬」，被人視之為怪物，躲在馬來西亞家鄉果園一所木屋的地下室裏，與一臺收音機共同生活了三十五年。

直到一九八二年，臺灣作家柏楊到馬來西亞演講，知道了張四妹的不幸，回到臺北報導了這位像一隻直立的穿山甲，全身長滿鱗甲的可憐女性，成為她一生重要的轉捩點：「穿山甲人」的不幸，在臺灣掀起了巨濤，整個社會鬧得沸騰騰的。結果由有心人發起募捐，把張四妹送到長庚醫院悉心治療。經過幾個月的醫治和手術，「穿山甲人」雖不能根治，總算控制了病情的惡化，張四妹終於能回到馬來西亞，過正常的生活。

張四妹從被發現到治癒過程，報章上的報導，有心人的安慰等，輯錄了十五萬字的《穿山甲人》應該有臺灣版，可惜我只買到一九八三年香港河洛出版社版，圖片欠佳。

事隔近三十年，據說六十多歲的張四妹仍健在呢！

香港版《穿山甲人》

詩人的散文

夏菁（一九二五出生）是臺灣著名的詩人，「藍星詩社」的創辦人之一，曾出版過詩集《靜靜的林間》（臺北藍星詩社，一九五四）、《噴水池》（臺北明華書局，一九五七）、《石柱集》（香港中外文化，一九六一）……。有趣的是他本身是位「農業專家」，一九六〇年代畢業於美國科羅拉多大學的農學碩士，並曾受聯合國之邀，往牙買加工作，在大學教農科，與農村復興社合作，是位終身與農業為伍的詩人，退休後定居美國西部。

像詩人余光中一樣，夏菁也喜歡寫帶詩意的散文，如今大家見到的《落磯山下》（香港正文出版社，一九六八）是他第一本散文集，書分「落磯山下」和「聖誕樹」兩輯，收散文二十四篇。夏菁一九六一及一九六五年，兩次到科羅拉多大學讀書，留學經驗豐富，第一輯「落磯山下」中的十多篇文章，寫的正是他留學期間的生活。夏菁在後記中說，這些生活瑣記可供準備出國的留學生作參考，而事實上，寫孤獨生活的〈華盛婆婆〉，寫求偶心態的〈東方少年的煩惱〉，寫中西詩觀比較的〈兩詩人〉，寫生活實況的〈生活散記〉……，已完全不是「留學指南」，而是有血有肉的「留學文學」。

第二輯「聖誕樹」的幾篇，是討論中西文化和現代化的問題，卻失去了詩人親歷的情感，略遜於第一輯了。

《落磯山下》是詩人夏菁的散文集

落磯山下（散文集）

著　者：
夏　菁

出版者：
香港正文出版社
香港九龍郵箱六三〇六號

承印者：
東南印務出版社
香港高士打道64—66號

定　價：
港幣弍元肆角

一九六八年初版

版權

詩人的回憶錄

今年七月，詩人紀弦（一九一三至二〇一三）在三藩市辭世後，我用手邊的資料寫了〈百歲詩人羽化〉刊於《大公園》，介紹了從中國大陸走向臺灣，最後在美洲逝世的這位中國現代派詩人。當時已很想讀讀他的回憶錄，可惜跑了幾間書店都失諸交臂，直到三天前，才在洛杉磯羅蘭崗的小書店裏見到，用膠殼套起厚厚的三冊，原價七五〇元新臺幣，卻要賣四十五美元，雖然是貴了些，卻是難得有緣，而且還是初版本，欣然購之。

《紀弦回憶錄》（臺北聯合文學出版社，二〇〇一）凡五十萬字，以《二分明月下》、《在頂點與高潮》及《半島春秋》三部，記述他中國大陸、臺灣及三藩市三段人生歷程。此書完成於公元二千年紀弦八十七歲時，其後他再活了十三年，那段回憶錄之餘的歲月，是詩人生命的美好延續，留下詩意的空間。

第一部《二分明月下》約十萬字，以十六章寫他一九四九年赴臺灣前的記錄，我最有興趣的是第十三章《流亡到了香港》，確實了他在香港的時間是一九三八至一九四二年間，這期間他曾編《國民日報》的《新壘》副刊和任「國際通訊社」的特約翻譯員，並用筆名路易士寫詩。有了這個時段的肯定，就不會和另一個在一九五〇年代活躍於香港文壇的路易士混淆了！

紀弦活躍中國詩壇幾十年，他的一生是寫詩史的最佳史料。

《紀弦回憶錄》

紀弦的自畫像

紀弦的《現代詩》

《現代詩》是臺灣的老牌詩刊，由紀弦創刊於一九五三年二月，是三十二開的小冊子（四十一期起改為二十四開，後來又改為十六開）。據林煥彰編《近三十年新詩書目》得知，出到一九六四年二月止，歷時十一年，共出四十五期的季刊。

如今大家見到的，是一九六一年八月的「秋季號」（第三十五期），薄薄的一冊，連封面及底頁，加起來亦僅得二十八頁，雖然給人「弱不禁風」的樣子，可是內容卻相當充實：論文有紀弦的〈從現代詩的現代化到現代詩的古典化〉、柏谷譯Kimon Friar的〈形上學派、超現實派與象徵派詩〉，紀弦的〈詩集飲者自序〉和羊令野、柏谷、秦松、一夫等人的詩，此外，還有紀弦、鄭愁予、羅英、沉冬和梅新的詩組。此中特別要提的是鄭愁予的〈窗外的女奴〉，詩分〈方窗〉、〈圓窗〉和〈卍字窗〉三節，鄭愁予很喜歡這首詩，後來還用它作書名，一九六七年於臺北十月出版社出了本詩集。

紀弦編《現代詩》，事事親力親為，全部自掏腰包苦苦支撐，他經常在〈編後〉中呻吟，說曾試過幸好得到朋友的幫忙，賣掉了百多本他編的參考書，才有錢找清印刷費，讓《現代詩》出廠；又慨嘆編好了的詩集常因沒錢交印刷廠等等……，不禁搖頭嘆息：現代詩的路，真是既孤單，又荊棘滿途的！

紀弦的《現代詩》

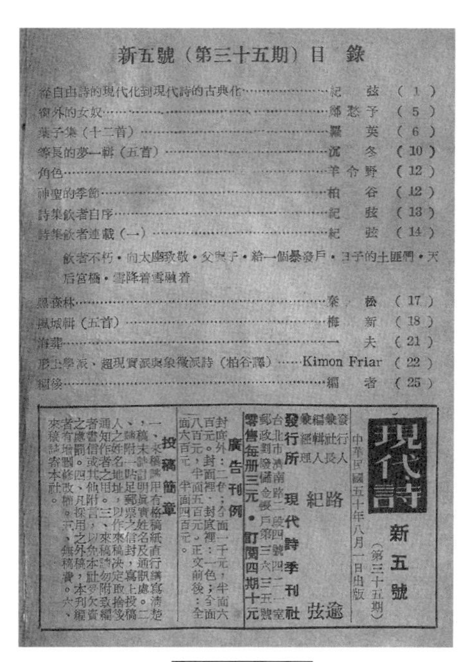

新五號（第三十五期）目錄

現代詩
新五號（第三十五期）
中華民國五十年八月一日出版
發行人兼社長 路逾
編輯人兼經理 紀弦
發行所 現代詩季刊社
台北市濟南路二段四號四一一室
郵政劃撥儲金帳戶第三六三五號
零售每冊三元・訂閱四期十元

廣告刊例
封底外：全面一千元，半面六百元。封面裡、封底裡：全面八百元，半面五百元。正文前後：全面六百元，半面四百元。

投稿簡章
一、來稿請用有格稿紙直行繕寫清楚，稿末請註明眞實姓名及通訊處。二、請附一貼足郵票之信封，寫上投稿人之姓名地址，以作來稿決定取捨後通知作者之用。三、來稿請勿附致編者書信或其他附言，以免本社受欠資之處罰。四、凡採用之外稿，本刊編者有增刪修改權。五、無稿費。六、來稿請寄本社。

目錄及版權

《現代詩》終刊號

「現代詩叢」

紀弦（一九一三至二〇一三）主持的「現代詩社」除了出版季刊《現代詩》，還出過一套「現代詩叢」，很多名家早期的詩集都在此出版，像方思的《夜》和《豎琴與長笛》、鄭愁予的《夢土上》、楊喚的《風景》和紀弦自己的《在飛揚的時代》、《摘星的少年》、《無人島》等。還有些活躍於一九五〇年代，後來淡出詩壇的詩人底詩集，像彭捷的《水鄉》、李莎的《琴》、黃荷生的《觸覺生活》、銀喜子的《風笛》、陳錦標的《玫瑰的神話》等，都是「現代詩叢」之一，可惜這些詩集出版都超過五十年，坊間難得一見，僅留下供大家搜尋的線索。

我手邊有幸存有方思的《夜》（臺北現代詩社，一九五五）、孫家駿的《北向吟》（臺北現代詩社，一九五六）和奎旻的《唐人街》（臺北現代詩社，一九五七），都是僅印一千冊的詩集。

方思（一九二五出生）十四歲已開始寫詩，第一本詩集《時間》出版於一九五三年，《夜》中的二十五首詩是一九五〇年代初的作品。孫家駿和奎旻的生平不詳，只知孫是軍中詩人，奎旻姓張，是葉維廉臺灣大學的同學，《唐人街》出版時，居於加拿大滿地可。《北向吟》書分三輯，共三十四首，多為軍中雜寫；《唐人街》僅收詩作二十一首，過百行的長詩〈唐人街〉寫於滿地可，抒發詩人思鄉之情，經常盼望回到「秋海棠葉的懷抱」。

方思的《夜》

奎旻的《唐人街》

「現代詩叢」：孫家駿的《北向吟》

《創世紀》詩刊

以三個月時間到內地大城市見識舊書、訪問藏書家的臺灣年輕愛書人陳逸華過港，到「醉書室」來看書；事後給我電郵，說最高興的是見到一些他早已聞名，但從未見過的臺版早期詩刊。

我這批一九五〇年代的詩刊中，最值得給大家看的是《創世紀》。《創世紀》是臺灣的長壽詩刊，一九五四年創刊，斷斷續續的出版超過半個世紀，還出版過一冊厚達四四〇頁的五十周年紀念號，可說是中國現代詩刊史上的大製作。

如今大家見到的這本《創世紀》，是出版於一九五四年十月的創刊號，封面由牟崇松設計，連封面底才三十頁，以詩創作為主，此中包括辛鬱、彭邦楨、墨人、洛夫、葉笛、紀弦、周夢蝶等人的作品凡二、三十首。

代發刊詞〈創世紀的路向〉說出了他們的三個宗旨和立場：

一、確立新詩的民族路線，掀起新詩的時代思潮。

二、建立鋼鐵般的詩陣營，切忌互相攻訐，製造派系。

三、提攜青年詩人、澈底肅清黃色流毒。

當時「創世紀詩社」設於左營，由張默和洛夫主編，起先是雙月刊，後來才改為季刊。第一至十期為三十二開本，到十一期才改為後來的二十開。

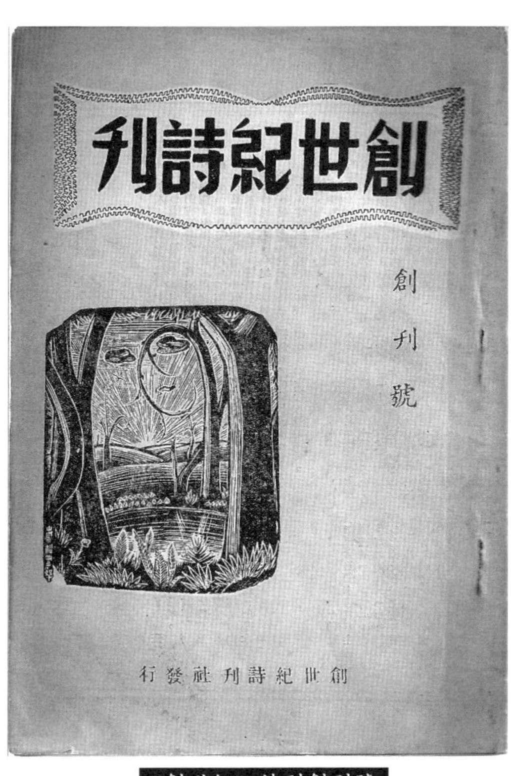

《創世紀》詩刊創刊號

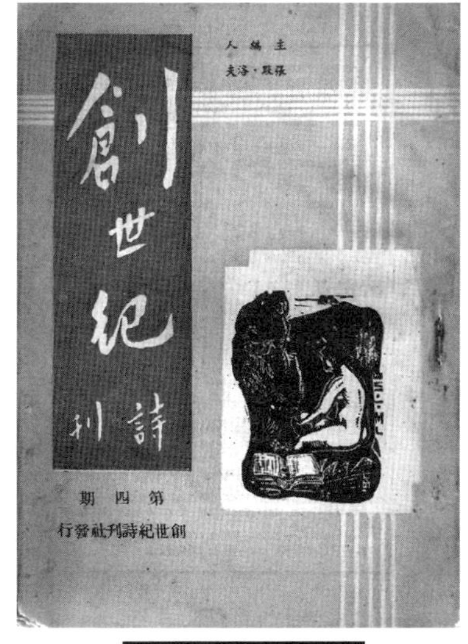

《創世紀》第四期

周夢蝶與《還魂草》

整理「醉書室」的書架，撿出來周夢蝶的《還魂草》（臺北領導出版社，一九七七），這是《還魂草》的第二版。忽地想起一九六五年文星書店初版的《還魂草》我也是有的，然而細心的巡視書架兩遍，那本綠色封面，四十開本的小冊子卻失了蹤，再也找不到！

我是一九六〇年代初開始讀現代詩的，曾經很迷周夢蝶和鄭愁予。周夢蝶的處女詩集《孤獨國》我無緣得見，可幸《還魂草》經過三十多年歲月還安然無恙，實在難得！這本再版的《還魂草》，比初版的要充實得多：書前有周棄子和葉嘉瑩的序，書後還附錄了半部《孤獨國》，把原來的四十七首選刊了二十二首；又加進了翁文嫻、皇甫元龍和溫小如等論周夢蝶的文章，是了解這位當年已九十高齡的「蓮花童子」的好書。

周夢蝶（一九二〇至二〇一四）是河南人，一九四〇年代來臺後，整個人生浸在帶哲理的詩國中。商略有首「戲贈夢蝶」的〈河岸〉：

我們的詩人坐着。很概念／的坐着／許多的時裝／春　夏／秋　冬　的流動着／街遂有河的感覺／詩人啊！應亦有／河岸的／寂寞

這首詩很形象化，詩人盤膝趺坐在他武昌街頭的舊書店前，茫然看着流水的街道，望着海峽彼岸的家鄉！

文星版《還魂草》

周夢蝶與《還魂草》

小說家的詩

小說家王藍（一九二二至二〇〇三）以他的長篇巨著《藍與黑》（臺北紅藍出版社，一九五八）馳譽世界文壇，此書曾被翻譯成英、日、韓、德等多種文字，至一九九八年的四十年間，已發行了一百版，是少有的暢銷文學作品。不過，甚少人留意王藍出版的第一本書《聖女・戰馬・鎗》（重慶紅藍出版社，一九四二）是一本過千行長詩，也是他唯一結集的詩創作。

王藍是河北阜城人，抗戰聲起，十多歲的少年畫家投筆從戎，在平津參加地下工作，後轉太行山一帶抗日，出生入死，曾目睹不少可歌可泣、熱血沸騰的史實。

其後在大後方漂泊，「面對着繁華安適的大都市，尤其是在畸形發展中的昆明，面對着若干沉醉在紅燈綠酒歌舞昇平裏的人物……」，年輕的小伙子心裏無法遺忘在遙遠北國的破碎山河，更忘不了那些為爭取自由，保家衛國而犧牲的英雄，他義憤填膺，提起筆來創作了長詩《聖女・戰馬・鎗》，記念戰友陳蒂和陸青，敍述他們一起抗日的那段熱血歲月……，書一九四二年在重慶出版時，他才十九歲！

《聖女・戰馬・鎗》不是篇藝術性很強的創作，但它那感人的故事卻甚受當年的讀者歡迎，一九四四年在重慶再版，一九四五年北平三版，如今大家見到的，是一九五九年的臺北四版，不知後來還有沒有重印？單其歷史性已值得記下這一筆。

王藍的詩《聖女・戰馬・鎗》

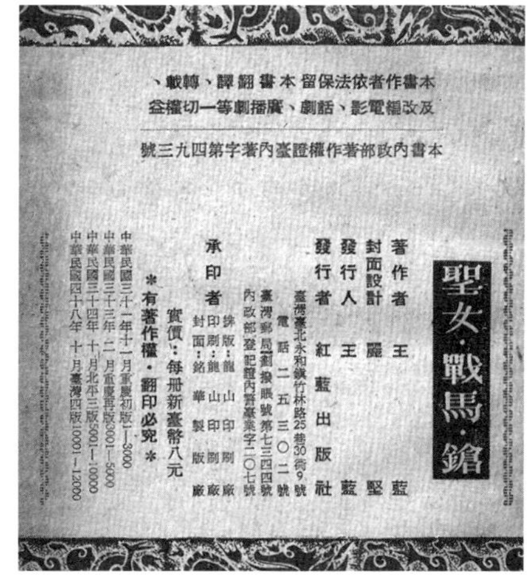

本書作者依法保留本書翻譯、轉載、及改編電影、話劇、廣播劇等一切權益

本書內政部著作權證臺內著字第四九三號

聖女·戰馬·鎗

著作者 王藍
封面設計 麗堅
發行人 王藍
發行者 紅藍出版社
臺灣臺北永和鎮竹林路25巷30衖9號
電話 二五三〇二號
臺灣郵局劃撥帳號第七三四四號
內政部登記證內警臺業字二〇七號
承印者 排版：龍山印刷廠
印刷：龍山印刷廠
封面：銘華製版廠
實價：每冊新臺幣八元
有著作權・翻印必究
中華民國三十一年十一月重慶初版1—3000
中華民國三十三年二月重慶再版3001—5000
中華民國三十四年十一月北平三版5001—10000
中華民國四十八年十月臺灣四版10001—12000

版權頁

沙牧紀念集

沙牧（一九二八至一九八六）是極少人提及的臺灣詩人，他的好友洛夫在《死不透的歌》序中說：

> 沙牧終其一生都是一個虛無的人。前半生羈身軍旅，在大時代的悲劇中扮演一個微不足道的小角色。後半生，過着靠人接濟的社會邊緣人的生活。

短短的幾句話，說盡了沙牧的一生。這位自比劉伶與阮籍的詩人，是一九八六年二月遇車禍遭不幸的，超過四分一世紀以來，紀念的文章不多。他曾出過詩集《永恆的腳印》（臺北海島文藝社，一九五三）和《雪地》（臺北詩散文木刻社，一九六三），友朋為他編的紀念集《死不透的歌》（臺北爾雅，一九八六）已出版二十多年，我至今才得初見。

《死不透的歌》近三百頁，由辛鬱和張默整理及編輯，洛夫和瘂弦寫序，是沙牧詩作的選集，書順序分：「死不透的歌」、「雪地」和「永恆的腳印」三輯，共收詩作六十多首，是沙牧的精選集。後兩輯選自之前出版的詩集，第一輯則是初次結集。洛夫認為發表於一九六六年的《死不透的歌》「既富前衛精神，而語言又多創意」，是沙牧的代表作，故用作書名。

除了詩選，本書還有沙牧的年表，好友辛鬱、張默、向明、沙穗和連水淼等的紀念文章，是資料詳盡的紀念集。

沙牧的《雪地》

沙牧紀念集《死不透的歌》

爾雅題字：王北岳　爾雅篆印：張慕漁

有版權・翻印必究　封面攝影及設計：陳輝龍

死不透的歌（爾雅叢書之186）

作　者：沙　牧

校　對：曠中玉・楊宗潤・

發行人：柯青華

出版・發行：爾雅出版社有限公司
臺北郵政三〇—一九〇號信箱
臺北市古亭區10746
廈門街一一三巷三十三之一號
電話：三九三四〇三六・三二一一〇二一
郵政劃撥：〇一〇〇四九二五～一

印刷者：中寶印刷廠有限公司
三重市成功路四一巷一一弄六號

中華民國七十五年九月二十日初版

行政院新聞局版臺業字第〇二六五號

定價100元（如破損或訂裝錯誤請寄回本社更換）

《死不透的歌》版權

洪順隆的新詩集

臺灣學人洪順隆（一九三四至二〇〇一）一九六〇年畢業於臺灣師範大學，後得中國文化大學中文碩士，並結業於日本東京大學人文科學博士課程，多年來任中國文化大學中文系、中文所教授，是當世著名的古典文學專家，著有《六朝詩論》、《中外六朝文學研究文獻目錄》、《陶淵明詩歌評註》、《國風評註》、《抒情與敘事》……等學術巨著。卻很少人知道，洪順隆一九五〇年代曾熱衷創作現代詩，以筆名摩夫發表詩作，並出版了《摩夫詩集》（嘉義文全出版社，一九六四）。

《摩夫詩集》分「創作之部」和「譯作之部」。前者收創作〈鄉愁〉、〈憂鬱〉、〈夕暮〉、〈噴射機〉、〈孤塔的感覺〉、〈牽牛花〉、〈菩提樹下〉……等詩作三十七首，是他大學時代的作品，內容分個人的抒情、現實的感覺和理想的嚮往三類。後者收譯詩十四首，多為國木田獨步的作品。

洪順隆新詩寫的不多，去國前出版的《摩夫詩集》大抵是他創作的全部，余光中在序中說摩夫的詩「蘊含着頗深刻的意趣，也展現了甚委婉的技巧，令人悵然懷念昔日的黃用」。他認為摩夫是可以大放異彩的，並希望他留學日本後，能創作出「比櫻花季更繁茂的作品」。可惜的是摩夫其後轉向舊文學發展，不再寫現代詩，是余光中始料不及的。

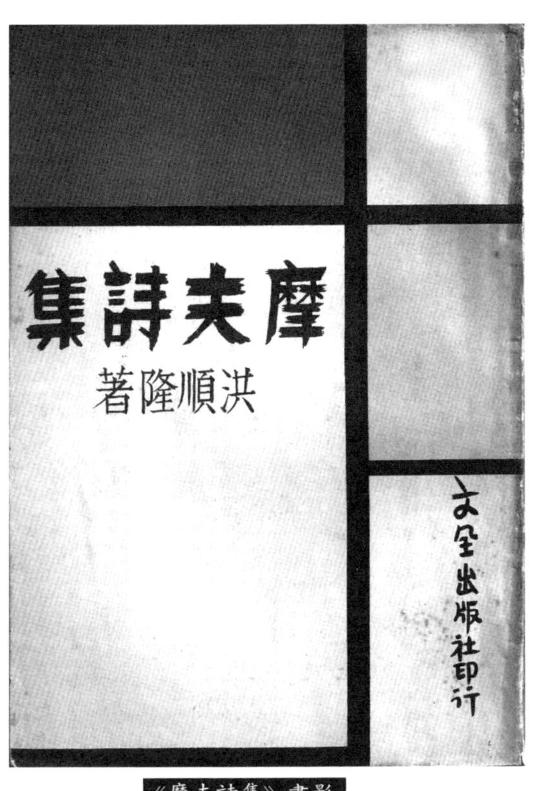

《摩夫詩集》書影

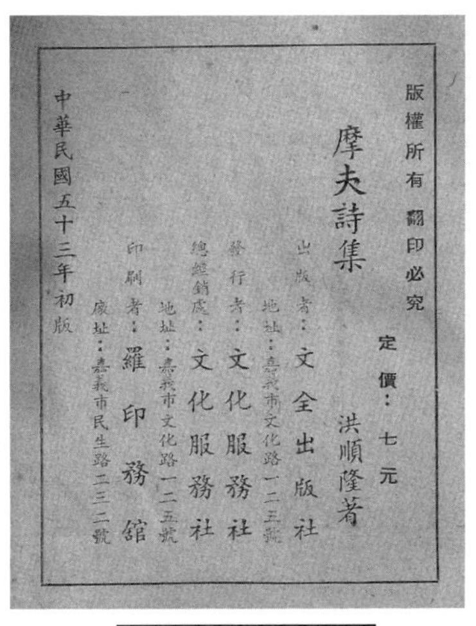
版權所有 翻印必究

定價：七元

摩夫詩集

洪順隆著

出版者：文全出版社
地址：嘉義市文化路一二五號
發行者：文化服務社
總經銷處：
地址：嘉義市文化路一二五號
印刷者：羅印務館
廠址：嘉義市民生路二三二號

中華民國五十三年初版

《摩夫詩集》版權

《紫的邊陲》無處不在

生於安徽無為的張默（一九三一出生）一直是臺灣詩壇上的重要人物。他的詩生命始於一九五一年，到一九五四年與洛夫、瘂弦合作出版《創世紀》，此後他再也不能離開詩生活。這些年來，他編過、寫過不下五十本詩集，然而，他個人的第一本詩集《紫的邊陲》，卻遲至一九六四，在他登上詩壇足足十三年後才面世。

《紫的邊陲》是紀念版，印量只有五百冊，封面分深灰與淺紫兩種顏色，我藏的是灰色版。此書說不出是甚麼開度，長長的比大三十二開本還要高五厘米。十三年來，張默寫詩超過三百首，但他的這本處女作只選了十三首詩，都是一九五八至六三年的作品，可見選的非常嚴謹。

這本出版於四十年前的小書才三十六頁，薄薄的，連書脊也沒有，相信已很難找到，選刊了：〈拜波之塔〉、〈默想與沉思〉、〈最後的〉、〈關於海喲〉、〈攀〉、〈紫的邊陲〉、〈期嚮〉、〈摩娜 · 麗莎〉、〈哲人之海〉、〈神祕之在〉、〈戀的構成〉、〈貝多芬〉和〈沉層〉。

此外，書內有楊志芳的插畫四幀，書前有李英豪的〈從拜波之塔到沉層〉，詳細地分析了張默詩世界的內在精神。他認為張默的詩離不開「抽象的哲性」、「澄明的戀愛」和「自我的追尋」三種主體，而張默的世界則是紫的邊陲的世界，是無處不在的世界。「從拜波之塔到沉層」是詩人全部生命一次痛苦的徒步遠征。

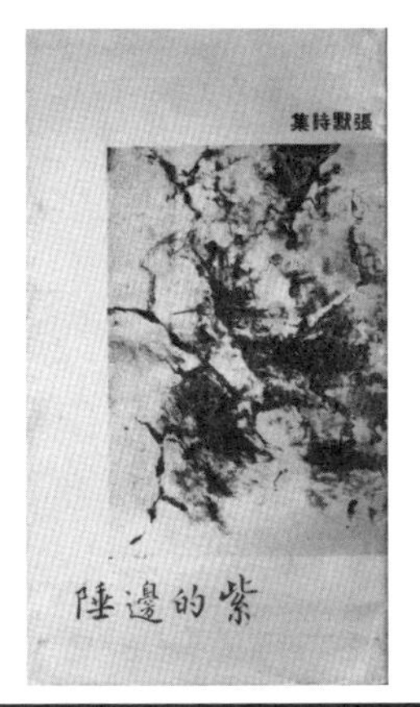

張默的第一本詩集《紫的邊陲》

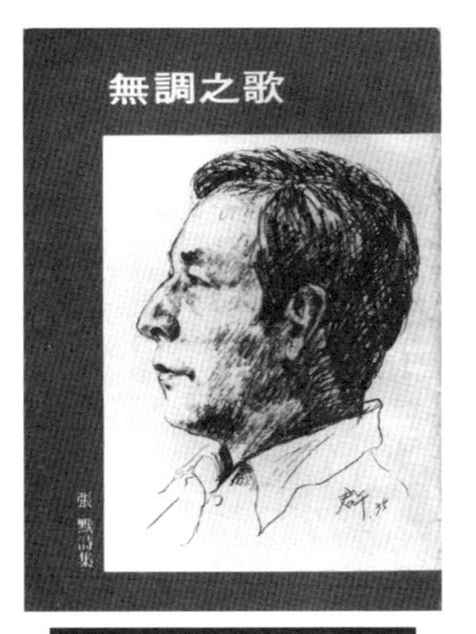

張默詩集《無調之歌》

張默編的《中國現代詩選》

葉維廉的《賦格》

馳譽國際的現代學人葉維廉（一九三七出生）是廣東中山人，一九四八年移居香港，在本地受中學教育。他青少年時代已熱愛寫詩，曾與崑南、王無邪等人創辦《詩朵》；至一九五五年往臺大升學，與商禽、紀弦等人交往，創作甚豐，出版詩集《愁渡》、《醒之邊緣》、《花開的聲音》……等多種，其處女詩集即如今大家所見的《賦格》（臺北現代文學社，一九六三）。

《賦格》是正方形的二十四開本，封面由莊喆設計，一〇九頁收一九五六至六二年的詩作〈城望〉、〈塞上〉、〈致我的子孫們〉、〈夏之顯現〉、〈斷念〉、〈河想〉……等十五首，此中最重要的，是曾奪一九六四年《創世紀》詩刊最佳詩獎的詩組〈降臨〉和作為書名的〈賦格〉。

〈賦格〉是葉維廉早年的代表作，他在訪問中談及《賦格》時說：他生於戰亂的年代，少時從鄉鎮遷到陌生的大都市香港，受盡了都市的冷漠。「感到自己站在過去與將來的夾縫裏——對過去游離不定，充滿憂慮，對將來無法把握，不曉得它會通向哪裏。所有的記憶，歷史的記憶都是破碎的，整個人有種漂浮不定的感覺。」他希望通過捕捉這些碎片，來排遣內心的苦悶與彷徨。《賦格》裏的意象是中國的，表達技巧則是西方歌劇的手法，把東西方的藝術形式融合一起。

葉維廉的《賦格》

葉維廉和許定銘，在北角創作書社（一九八〇年代）

《醒之邊緣》附贈朗誦的膠片

《星座》季刊

我藏的那批臺版舊詩刊中，較少人知道的是《星座》詩刊。從林煥彰編的《近三十年新詩書目》（臺北書評書目出版社，一九七六）中知道：《星座》創刊於一九六四年四月一日，而停刊於一九六九年六月，共出十三期。最早的兩期是十六開兩張紙的報型，到一九六五年改為三十二開的書型，最初只有十頁八頁，到一九六六年三月，革新為《星座季刊》，每期約六七十頁，才成為一份受重視的詩刊。

《星座季刊》由「星座詩社」出版，此詩社的主要成員多為僑生，如香港的翱翱（張錯）、黃德偉，馬來西亞的王潤華、淡瑩，婆羅洲的洪流文，星加坡的林方……。他們把自己比擬為一群星子，雖然閃爍着纖弱的光芒，但他們決意在現代詩的星河中，匯合所有的孤星，為前衛的詩域盡展星光。在僅有的幾期《星座季刊》中，他們很重視創作、翻譯和理論，曾出過「英美詩人論現代詩」、「中國詩人論現代詩」和「美國現代詩三大鼻祖」等特輯。選譯過梵樂希、波特來爾的詩作。創作方面除了本社詩人的作品外，還有余光中、羅門、蓉子、七等生、葉笛……等人的詩作，陣容鼎盛。

如今大家見到這色彩鮮豔、構圖前衛的裝幀，即為藝術家秦松的作品，可見此刊除了內容充實，封面設計也很認真。

《星座》季刊

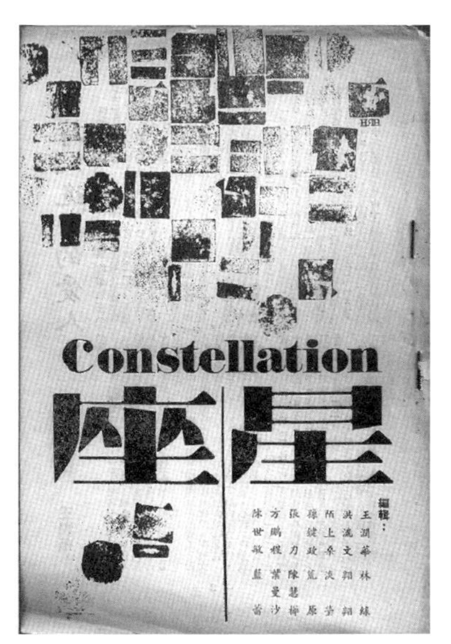

早期的《星座》

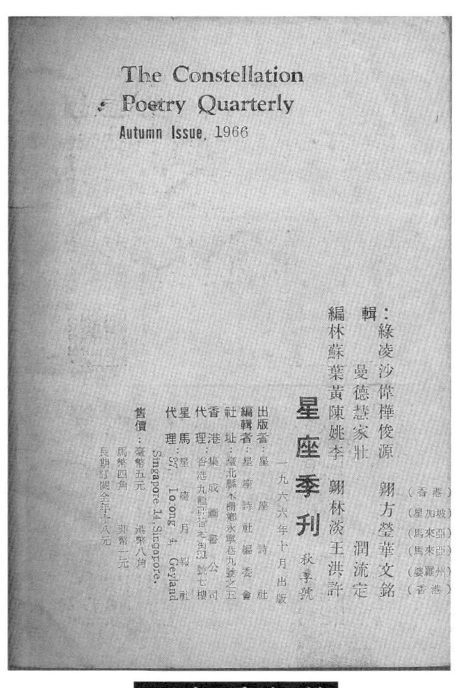
The Constellation
Poetry Quarterly
Autumn Issue, 1966

編輯：
林綠
蘇凌
葉曼沙
黃德偉
陳慧樺
姚家俊
李壯源
翱翱（香港）
林方（星加坡）
淡瑩（馬來亞）
王潤華（馬來亞）
洪流文（婆羅州）
許定銘（香港）

星座季刊 秋季號
一九六六年十月出版

出版者：星座詩社
編輯者：星座詩社編委會
社址：臺北縣木柵鄉永寧巷九號之五
香港代理：集成圖書公司 香港九龍[illegible]31號七樓
星馬代理：星座月報社 37, Lo'ong 4, Geyland Singapore 14, Singapore.
售價：臺幣五元 港幣八角 馬幣四角 菲幣一元 長期訂閱全年十八元

《星座》季刊版權

「星座詩叢」

星座詩社諸君除了辦《星座季刊》外，還出版「星座詩叢」，據手邊資料整理，有：翱翱的《過渡》、《死亡的觸角》、葉曼沙的《朝聖之舟》、洪流文的《八月的火焰眼》、淡瑩的《千萬遍陽關》、《單人道》、林綠的《十二月的絕響》、《手中的夜》、黃德偉的《火鳳凰的預言》、王潤華的《患病的太陽》、姚家俊的《陽光之外》、蘇凌的《明澈集》和陳慧樺的《多角城》等。

這些詩集都出版於一九六六至六九年間，全部二十五開本（十五乘十八點五厘米），部份還附有他們用英文寫的詩篇。據說詩人們當年都在大學裏讀書，畢業之前每人都出版一本詩集以作考驗。

翱翱和黃德偉都是從香港出去的，他們後來都成為比較文學博士。翱翱原名張振翱（一九四三出生），還有筆名張錯，在南加州大學任教至退休，現居洛杉磯。他的處女作是散文集《第三季》（臺北自由太平洋出版社，一九六四），《過渡》（臺北星座詩社，一九六六）是他第一本詩集。

黃德偉（一九四六出生）一九六〇年代初在香港寫詩時，用筆名靖笙，在西雅圖華盛頓大學得比較文學博士後，回港任教於香港大學，後任教於臺灣宜蘭佛光大學，《火鳳凰的預言》（臺北星座詩社，一九六七）是他的第一本詩集。

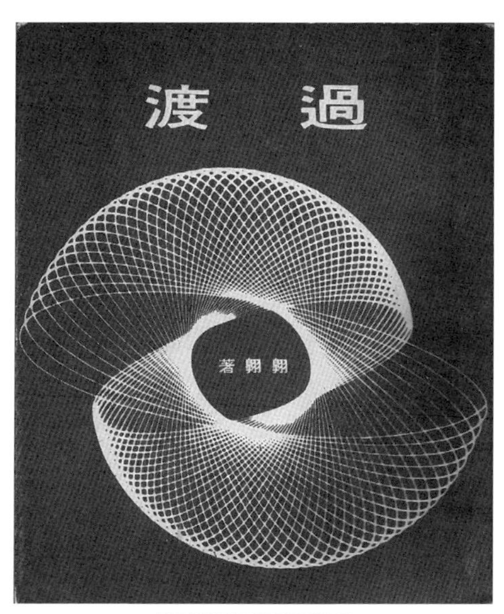

翱翱的《過渡》

黃德偉的《火鳳凰的預言》

《這樣的詩人余光中》

余光中（一九二八至二〇一七）是當代舉世知名的詩人、散文家和學者，著作等身。早在一九六〇年代，他以「右手寫詩」，「左手寫散文」的作風已享譽臺灣文壇，社會地位舉足輕重。因此，凡評論到他的文章，多以褒為主，而貶的，似乎就只有陳鼓應的批判。

陳鼓應（一九三五出生）是殷海光的得意弟子，專研老莊的哲學家。一九七七年的某天，他突然很有興趣的翻閱了余光中的詩集，細讀之下，發現他「矯情造作、無病呻吟的氣氛很濃」，於是，便寫了〈評余光中的頹廢意識與色情主義〉和〈評余光中的流亡心態〉兩篇長文，發表於《中華雜誌》上，後來還出版了一本薄薄的三十二開小書《這樣的詩人余光中》。這本出版於一九七八年初的小冊子早已不在手邊，但，深紅底色配以拇指穿過食指與中指間拳頭，引人遐思的構圖卻印象深刻，至今不忘。

陳鼓應的評論和小書《這樣的詩人余光中》在一九七八年的臺灣文壇上掀起了強烈的風暴，正反的辯論文章熱鬧過一段日子後便沉寂下來。在事件已幾乎完全褪色的今天，我有幸買到另一本《這樣的詩人余光中》（臺笠出版社，一九八九），此書取消了不文的封面，增加了陳鼓應的〈三評余光中的詩〉，曾心儀訪陳鼓應談事件的始末，曾祥鐸的〈那有侮辱民族靈魂的詩人〉、李勤岸〈一尊偶像的崩潰〉……等十多萬，是本很有趣的書。

早期版的書影

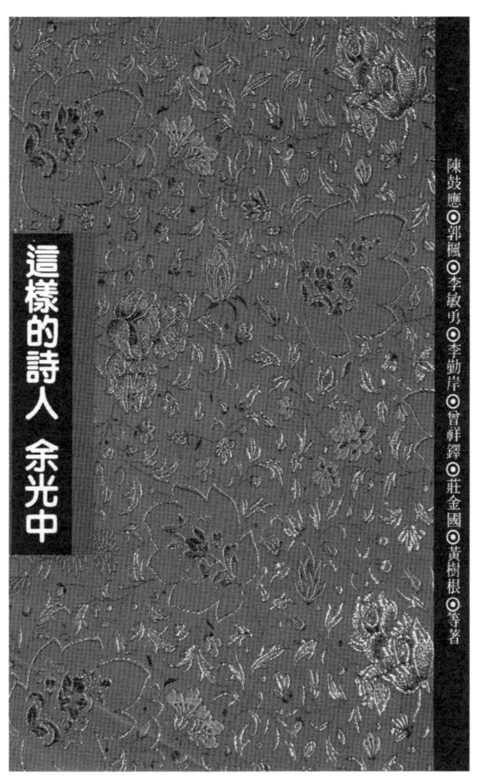

《這樣的詩人余光中》

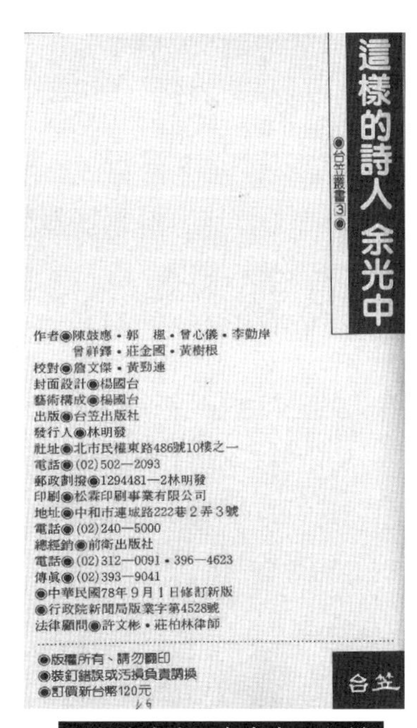

這樣的詩人 余光中

●台笠叢書3●

作者◉陳鼓應・郭　楓・曾心儀・李勤岸
　　曾祥鐸・莊金國・黃樹根
校對◉詹文傑・黃勁連
封面設計◉楊國台
藝術構成◉楊國台
出版◉台笠出版社
發行人◉林明發
社址◉北市民權東路486號10樓之一
電話◉(02)502—2093
郵政劃撥◉1294481—2林明發
印刷◉松霖印刷事業有限公司
地址◉中和市連城路222巷2弄3號
電話◉(02)240—5000
總經銷◉前衛出版社
電話◉(02)312—0091・396—4623
傳眞◉(02)393—9041
◉中華民國78年9月1日修訂新版
◉行政院新聞局版業字第4528號
法律顧問◉許文彬・莊柏林律師

◉版權所有、請勿翻印
◉裝訂錯誤或汚損負責調換
◉訂價新台幣120元

台笠

《這樣的詩人余光中》版權

書緣悼唐德剛

十月三十日讀報，得唐德剛（一九二〇至二〇〇九）騎鶴西去的消息，老輩學者又少一人！唐德剛是現代著名的歷史學家，他倡導口述歷史，重要著作有《張學良口述歷史》、《胡適口述自傳》、《李宗仁回憶錄》……。唐德剛以史學傳世，他著述的內容與我研究的新文學關係不大，我買到他的《書緣與人緣》（臺北傳記文學雜誌社，一九九一），是機緣巧合。

我每次到洛杉磯，都是自己帶書去看的，那一次，住得久了，帶去的書都已讀完，到中文書店去，花十三美元，買到唐德剛的《書緣與人緣》，相當昂貴，比在香港買貴了近倍。

唐德剛愛讀書，也愛作些讀後小札記，這些小札記經多年積累了一大堆，在友人的鼓吹下，將這些札記組織成雜文發表，後來又把有關史學與紅學的，編為《史學與紅學》；有關傳記與書評的，就編為這本《書緣與人緣》。

《書緣與人緣》有二十多萬字，收論著三十二篇，所收內容多圍繞他最了解的人物：胡適、張學良、顧維鈞、劉廷芳、吳開先、劉紹唐……。史學家論史，大多引經據典，枯燥乏味，但，唐德剛這些雜論，卻行文暢順而幽默，很可一讀。

二〇〇六年《書緣與人緣》還出了個廣西師範的內地版，多了篇胡菊人的序，才定價二十八元人民幣，超值！

唐德剛的《書緣與人緣》

唐德剛的傑作《烽火八年》

小民的回憶

原名劉長民（一九二九至二〇〇七）的小民，是臺灣著名的散文家，她早年以懷念母親的散文〈母親的頭髮〉登上文壇後，由《紫色的毛絨衣》（臺北道聲出版社，一九七三）起，一直專注散文寫作，並出了二十多本散文集，內容多以親子及家庭作題材；後來與丈夫喜樂合作，由小民撰文、喜樂插圖，發表了大批懷念北平市井風俗民情的小品，出版《故都鄉情》（臺北大地出版社，一九八三）甚受歡迎，成為文壇佳話。

小民的書幾乎清一色是散文集，只有如今大家見到的這本《回憶曲》（臺北林白出版社，一九七八）例外，這是本集小品、散文、小說、新詩及手迹於一身的文集。此書薄薄的不滿二百頁卻分成四輯，第一輯收小品近三十篇，以身邊小事及家人作題材，保持了她一貫的風格，張秀亞在序中說，這「如同三月陽光，予人無限和煦親切之感……」。《回憶曲》的特點不在小品，而是第二輯的散文及小說，和第三輯的新詩，據說書中的這些小說和新詩，是小民同類作品的全部，如果你讀她的散文小品多了，轉轉口味會更覺新鮮，領略自有不同。我比較喜愛的，是書中的第四輯，收了覃子豪的十二篇詩、信手迹，以影印真蹟方法發表，並由小民撰〈回憶曲〉，記述她隨覃子豪師學習的點滴，作為「覃子豪師逝世十五周年紀念」，極具收藏價值。

小民的《回憶曲》

版權

他的中文小說

民國初年提倡國語運動的專家，湖南人黎錦熙的八弟黎錦揚（一九一五至二〇一八）一九四六年赴美供讀碩士，畢業於耶魯大學戲劇系，後因參加舊金山《世界日報》徵文而走上創作之途。他一直以英文寫作，一九五〇年代初，以描寫舊金山華人老輩和下一輩的矛盾而創作的長篇小說《花鼓歌》一舉成名，是第一位作品被改編成百老匯歌劇的中國作家。此後他一直在美國以英文創作謀生，出版了《情人角》、《天之一角》、《賽金花》、《馬跛子和新社會》、《金山》……等十一部小說。

一九九五年，「世界華文作家協會」邀請了在美國用英文寫作的十二位華裔作家到臺灣參觀。黎錦揚與詩人瘂弦一見如故，很談得來。瘂弦鼓勵他用中文寫小說，並在他主編的《聯副》上撥出編幅供他發表。四十多年沒用中文寫作的黎錦揚，買了本中英文字典，慢慢的用方塊字寫起小說來。一篇又一篇，很快的，《聯合報》、《世界日報》、《中華日報》、《聯合文學》……都見到黎錦揚的小說，最終還出版了他用中文寫的第一本小說集《旗袍姑娘》（臺北九歌，一九九六）。《旗袍姑娘》收短篇小說十六篇，這些小說寫的都是美國社會中的華裔小人物，他透過這些華埠中常見的小商人、留學生、騙子、過埠新娘……組成一個異域典型華人社會的百態。

黎錦揚的中文小說《旗袍姑娘》

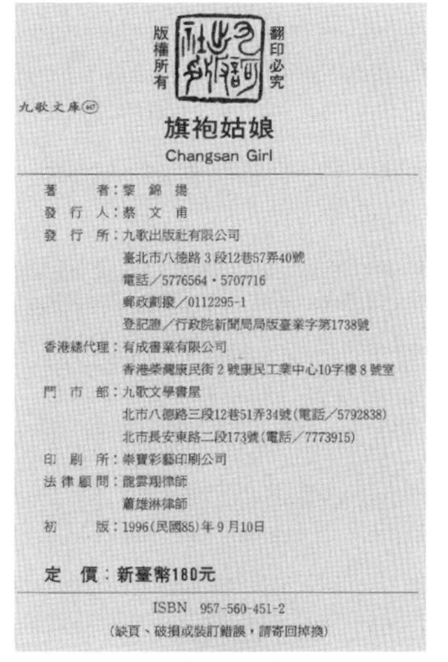

版權所有 翻印必究

九歌文庫447

旗袍姑娘

Changsan Girl

著　　者：黎 錦 揚
發 行 人：蔡 文 甫
發 行 所：九歌出版社有限公司
　　臺北市八德路 3 段12巷57弄40號
　　電話／5776564・5707716
　　郵政劃撥／0112295-1
　　登記證／行政院新聞局局版臺業字第1738號
香港總代理：有成書業有限公司
　　香港柴灣康民街 2 號康民工業中心10字樓 8 號室
門 市 部：九歌文學書屋
　　北市八德路三段12巷51弄34號（電話／5792838）
　　北市長安東路二段173號（電話／7773915）
印 刷 所：崇寶彩藝印刷公司
法律顧問：龐雲翔律師
　　蕭雄淋律師
初　　版：1996（民國85）年 9 月10日

定　價：新臺幣180元

ISBN　957-560-451-2

（缺頁、破損或裝訂錯誤，請寄回掉換）

版權

子承父業

無論哪一行業有成就的人，總希望在自己退休後，能有後人「子承父業」，把他畢生努力的事業發揚光大，這是中國人的傳統思想。寫作人也有「子承父業」的嗎？我立即想到老舍和舒乙，雖然舒乙當過中國現代文學館的館長，但在寫作成就上是遠不及老舍的。

其次我想到沙鷗和止庵。沙鷗（一九二二至一九九四），是現代著名的詩人，曾主編《新詩歌》雜誌，出過詩集《燒村》、《百醜圖》……等。止庵（一九五九出生）是沙鷗的兒子，本業牙醫，在父親的薰陶下熱愛讀書及寫作，以筆名方晴寫詩，止庵寫評論及書話，對周作人有深入的研究。著述有《樗下隨筆》、《如面談》、《俯仰集》……等數十種，是全國著名的寫作人，學術上的成就遠超其父，被戲稱為「嗜書癮君子」。

如今大家見到的《插花地冊子》（北京東方出版社，二〇〇一）是止庵傳記式的散文及詩集。前半部以「小時讀書」、「寫作生涯」、「師友之間」……等八章，記述其寫作人生涯，讓我們看到一個寫作人的成長經歷，寫父子到外地同遊、同寫尤其感人。後半部「如逝如歌」以幾首詩捕捉一些逝去的記憶。

止庵寫《插花地冊子》時剛滿四十，這麼年輕就寫回憶錄，很可能會讓人嗤之以鼻，若這樣，你錯失交臂了！

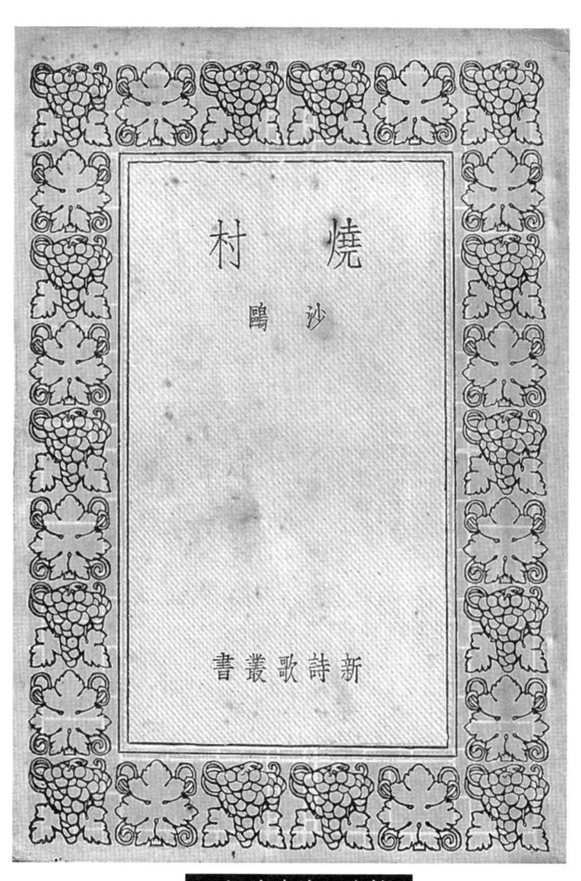

父親沙鷗的《燒村》

兒子止庵的《插花地冊子》

港版「子承父業」

港版寫作人「子承父業」的也不少，吳其敏與羊璧、張稚廬與張雛、嚴慶澍與嚴浩，知道的人比較多，今次要談的是劉芃如和劉天均。劉芃如有一子兩女，女兒劉天梅和劉天蘭在本港的知名度不低，反而她們的兄長劉天均較少人知。

天地圖書公司的出版物這樣介紹「劉天均，生於成都，長於香港，學於溫哥華。本是律師，因雅好文藝……其人唯情唯美，滿腹牢騷。其作亦狂亦哀，文采飛揚，確堪稱性靈派傳人。」並為他出了《豈是等閒風流》、《依然風流》、《風流近來都忘了》和《不風流處也風流》等四本書，都以「風流」為名。劉天均的「風流」絕對與「色」字扯不上關係，他的「風流」只是閒雲野鶴的化身而已。

劉天均的小說是個人哲學理論的延伸，讀之陷人於苦痛。他的作品多以散文及雜感為主，散文多一兩千字，不長；雜感則更短，像：

雖然命運使人悲，我要咬牙把它欺！

最令人心碎的話之一，是：「太遲了！」

這樣三言兩語的金句不少。要了解一個人，最好的方法是讀他的散文，劉天均滿腦子哲學思想，講緣份，愛讀《莊子》、《三國演義》，喜歡叔本華、尼采、沈從文，尊敬張中行，一生以書為妻，年過花甲未娶，因為至今還未碰到「識字而不拜金的美女」云云。

兒子劉天均的《風流近來都忘了》

父親劉芃如的《書、畫、人物》

方詩人寬烈

原名方業光的方詩人寬烈（一九二三至二〇一三）是香港的老作家，似一株長青的老松，至今還孜孜不倦埋首筆耕，經常有新書面世。他是個通新舊詩的老派詩人，近年出過《漣漪詩詞》、《澳門當代詩詞記事》和《香港詩詞分類記事選集》，都是與舊詩詞有關的，而《情詩三百首評釋》則是新詩的選集。最新的巨著是厚達五百多頁的《香港文壇往事》（香港文學研究社，二〇一〇）。

《香港文壇往事》邀得陳子善和羅孚寫序，主體收與香港有關的作家：簡又文、談錫永、高貞白、易君左、彭成慧、卜少夫、柳木下、陳無言……等人有關的文章六十多篇，是同類書籍中份量最重的。最有趣的是書後附了近百頁的《附錄》，收多篇時人對方詩人的評介及友朋的書信，可增加讀者對詩人的了解。

每次見到方詩人，我都會想起柳木下。同樣佝僂着緩緩移動、滿頭花髮的老頭，柳詩人愛提一件包着舊書的布包，方詩人則携一袋印着「豐昌順」的膠袋。兩人的形象相似，命運卻極端，柳詩人窮愁潦倒一生，方詩人只有一九六〇年代在澳門當過短時期的記者外，一生只當老闆！

方詩人愛結交名人，嗜好甚多，除了收藏字畫、名人書信、絕版舊書外，還剪存民國舊出版社的標誌、售書印章、老書封面、名人訃聞……，不知他這些珍藏將來是否也會整理出版？

方寬烈的《香港文壇往事》

高伯雨，字貞白，原名秉蔭。

筆名：林熙、文如、金城、日天、竹坡：（不是竹坡）

湘山、夢湘、高適、大年、老吟、

畢江、米齋、適齋、碧江、寿涛、

西鳳、曹直、定謀、湘舲。

吕文鳳、秦仲龢 溫大雅

張猛龍、鄧元翊。

齋名：聽雨樓、彊廬、適廬

春風廬。

方寬烈手迹

方詩人的紀念冊

方詩人寬烈老先生 有兩本紀念冊，十六開本，絹面精裝，風琴型，拉開是長長條狀的那種。這種紀念冊原本是喜慶宴會時擺在招待處讓人簽名留念的，可方詩人的紀念冊卻是他的交遊紀錄，故題名為《藝苑清遊集》。

方寬烈通新舊詩、字畫，在本港文藝圈子極為活躍，每有藝文雅集、茶聚，均見他的蹤影，在香港文壇活動超過一甲子，交遊盡是本地名家，他的紀念冊自然珍貴非凡。未見冊之前，我以為會有很多畫，見到後才知舊詩和字最多，新詩也不少，畫則只有鄭家鎮的《武夷天遊峰》、水禾田、莫一點的水墨和梅創基的一張藏書票。其餘的名家則有饒宗頤、柳存仁、黃苗子、梁羽生、陳蝶衣、柯靈、蕭乾、許傑、白樺、謝冰瑩、周策縱、勞思光、無名氏、劉以鬯、談錫永、梁隱盦、陳潞……。稍為對當代文壇略有認識的人，都知道這批文人的份量，他們都與方寬烈有來往，且贈與墨寶，可見方詩人決非浪得虛名之輩！

故友王敬羲（一九三三至二〇〇八）一九九九年在本冊內題詩〈競步〉，雖說是舊作，小說家的詩不易見，錄如下：

但我還是要和時間競步／沒有氣餒更沒有絲毫怯意／我要在身後留下／一些腳步的印痕／並且不讓風和砂／在一夜間把它們抹平

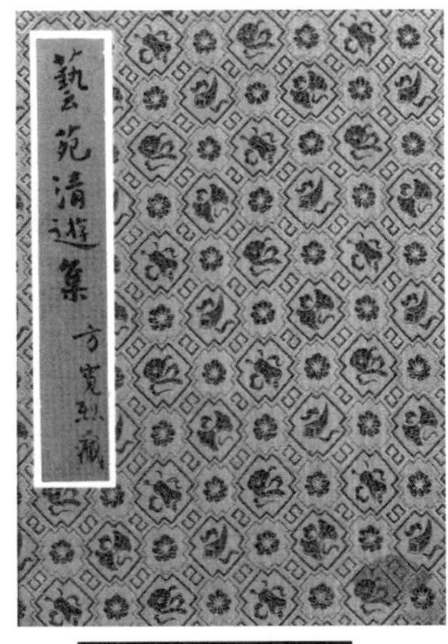

方詩人的紀念冊
《藝苑清遊集》

但我還是要和時間競步
沒有氣餒更沒有絲毫怯意
我要在身後留下
一些腳步的印痕
並且不讓風和砂
在一夜間把它們抹平
書舊作句競步比前
寬烈兄共勉

王敬義 九九年
十月、香港

王敬義手蹟

方詩人的藏品

日前談方詩人的藏品，有剪存民國舊出版社的標誌、售書印章、名人訃聞和老書封面，一般讀者可能不甚了解，得要詳細說明一下。

所謂民國舊出版社，即是我經常在此介紹，出那些舊書的出版社，像商務印書館、中華書局、良友圖書公司、文化生活……等。他們大多會設計一枚標誌，出版時把那些「標誌」印在書的封底、版權頁或扉頁內，以顯示此是何家的出版物。這些標誌不過是個圖案，沒甚麼特別，收藏價值難以理解。

「售書印章」比較難明。舊日的出版社與作者間互相信任不大，作者為了自己的利益，會自印一些類似「郵票」那樣的小張，交給出版社貼在版權頁上，用來統計書的銷量。沒有「售書印章」的書，即視為盜印本。不過此法過時甚久，大多數的舊書都是沒有印章的。請看附圖，小張是用人手貼上去的。

至於「名人訃聞」，方詩人說他只剪存文人的。訃聞內最有價值的地方是主角的生卒日期，他認為有很多人生前多隱瞞真正的年歲，訃聞應該很真確，為他寫評傳時便不會錯了！

方詩人愛藏書，但書厚，佔空間大，於是只把書的封面撕下來珍藏，再拿去用彩色複印貼成書冊，隨時讓愛書人欣賞。

我真為那些書肉痛！

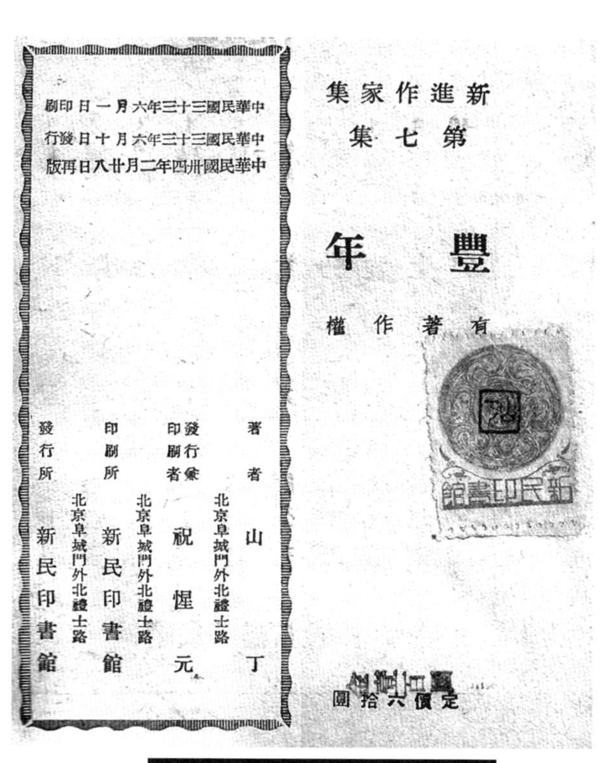
新進作家集
第七集

豐年

有著作權

定價六拾圓

中華民國三十三年六月一日印刷
中華民國三十三年六月十日發行
中華民國卅四年二月廿八日再版

著者 山丁
北京阜城門外北禮士路
發行兼印刷者 祝惺元
北京阜城門外北禮士路
印刷所 新民印書館
北京阜城門外北禮士路
發行所 新民印書館

「售書印章」是用人手貼上去的

這個播種者的圖案是良友圖書公司的標誌，一般都印在書的扉頁上

想讀自己的悼文

方詩人寬烈患癌後，自覺來日無多，開始埋首整理一生著述，忽發奇想：寫信給諸友好，希望他們為他寫篇「悼文」，因為他很想在死前讀到友好們對他的看法；最好還開個追悼會，讓他也參加，跟友好們聚一聚。

其實此舉並非老方首創：一九七八年九月，著名報人卜少夫（一九〇九至二〇〇〇）將年滿七十，自覺已到古稀之年，便發信給友好們，要求他們寫一篇「關於卜少夫」的文章，要「直率地、無顧忌地、無保留地、沒有半點虛偽客套地、痛痛快快地寫出你印象中、心目中的卜少夫」。（見代序〈此書之由來〉）

卜少夫的徵稿信發出後，朋友們的來信似雪片飄來，一年後他把徵集所得文章八十九篇，詩聯等十五篇，交劉紹唐編輯整理，出版了《卜少夫這個人》（臺北遠景出版社，一九八〇）。此書洋洋洋大觀，厚達三百多頁三十餘萬字，內容集中寫他們與卜少夫的交往。而卜少夫在新聞界活動超過半世紀，是《新聞天地》與《旅行雜誌》的創辦人，所接觸及採訪的人事與現代史關係密切，此書也就成了一部中國現代史的縮影。

在中國人的社會裏，跟老人家談「死」是大忌，難得像卜少夫和方寬烈的豁達。老方徵集「悼文」之事尚在進行中，他在香港文化界活動時日也不短，不知將來會不會也結集成書？

《卜少夫這個人》書影

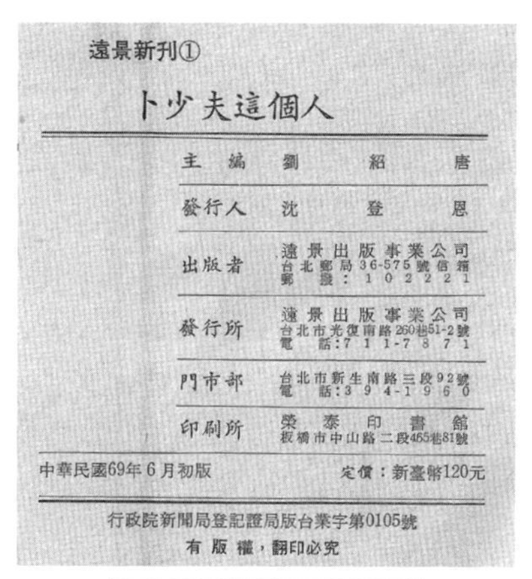

遠景新刊①

卜少夫這個人

主　編	劉　紹　唐
發行人	沈　登　恩
出版者	遠景出版事業公司 台北郵局36-575號信箱 郵　撥：102221
發行所	遠景出版事業公司 台北市光復南路260巷51-2號 電　話：711-7871
門市部	台北市新生南路三段92號 電　話：394-1960
印刷所	榮泰印書館 板橋市中山路二段465巷81號

中華民國69年6月初版　　定價：新臺幣120元

行政院新聞局登記證局版台業字第0105號

有版權，翻印必究

《卜少夫這個人》版權

新聞天地社印行
無名氏生死下落
卜少夫著

卜少夫的《無名氏生死下落》

他看不到這冊

卜少夫七十大壽發給友朋徵稿信而出版的《卜少夫這個人》（臺北遠景出版社，一九八〇），竟因他交遊廣闊而連出四集，分別由他的老友《傳記文學》主持人劉紹唐及六弟卜幼夫主編，可惜我手邊無書，不知是何時出版的。這四冊書都叫《卜少夫這個人》，封面不同，你千萬別以為是同一本書的不同版本，內容是完全不同的，有興趣者不可錯失。

第一集《卜少夫這個人》出版於一九八〇年，卜少夫其後再多活二十年，至二〇〇〇年十一月，九十一歲時，因癌症病逝於香港律敦治醫院。其六弟卜幼夫即於十二月編印出版了第五集《卜少夫這個人》（臺北新聞天地出版社，二〇〇〇），可惜這一冊他讀不到了。本書其實是《卜少夫先生哀思錄》和《卜少夫這個人》兩冊書合成，頁數各自獨立，剛好都是一百頁。前者收生平事略、集錦及圖片等數十幀，記錄了卜老一生走過的曲折路途；後者只收好友有關《卜少夫這個人》約三十餘篇，最有意義的是附錄了《卜少夫先生大事記》和《卜少夫這個人》一至四集的目錄，供研究者索引。

五集《卜少夫這個人》都是別人寫他的，如果想看他的文章，《大地足下》、《受想行識》、《人在江湖》以外，切不可漏了寫他四弟卜乃夫，出於一九七六的《無名氏的生死下落》！

《卜少夫這個人》第五集變成了紀念集，他看不到這冊了

卜少夫這個人（第五集）

編　者	卜　幼　夫
發行人	新　聞　天　地　社
出版者	新　聞　天　地　社
發行所	新聞天地社　臺北辦事處 臺北市復興北路 207 號十樓 電　話：(02) 27139668
印刷所	台彩文化事業股份有限公司 新店市中正路 501 號之 11 電　話：(02) 22185582 傳　真：(02) 22197941

中華民國 89 年 12 月初版

行政院新聞局登記證局版僑台誌字第 0019 號

有版權・翻印必究

《卜少夫這個人》版權

京港合作的《大系續編》

趙家璧在一九三〇年代中出版《中國新文學大系》（一九一七至一九二七）時，其實是有計劃出版第二個十年，甚至第三個十年的，但因時局動盪，建國前一直未見出版。

直到一九六〇年代初，長期生活於北京的河南原陽人常君實（一九二〇至二〇一六），聯繫香港的出版社，籌備編寫《中國新文學大系・續編》。可惜書編了八冊後，神州大地風雲突變，常君實輟筆罷編。計劃出版的香港文學研究社，便邀請本地長年從事編輯工作的藝術家、作家譚秀牧（一九三三出生），於一九六四年起，接手整理《大系續編》。

所有從一九六〇年代過來的讀書人，都知道當年的香港，資料貧乏之極，在無可奈何的情況下，譚秀牧只好把原編者的《戲劇和電影》合集，分拆成《戲劇》和《電影》兩集，再加上幾經辛勞才親手編成的《文學論爭集》，終於在四年內「一手一腳」把十巨冊，凡五百萬字的《中國新文學大系・續編》，於一九六八年整理完成出版，僅印五百套。

京港兩地學人合作完成的這套《中國新文學大系・續編》（一九二八至一九三八），雖然只有小說及散文各三集，詩、電影、戲劇和文學論爭集各一，沒有建設理論和史料索引，在編寫上有不少缺失，但仍不失為一套巨著，極具歷史價值。

京港合作的《大系續編》

定銘兄
數十年後重見此書，有些感慨，遺憾，有些實際的編輯工作情況，非以之用說明。曾見葛黎仁之之批評，我也寫了文回答及解釋（收入「譚秀牧散文小說選集」），但也非以之從下列幾點：
（一）此書我只能經理全事，你了少量校對，即如書版就經理人有意見，未及見其書版，我即當晚。後未負責校對的人，任意刪改，弄得錯亂，擬作我失職所致。
（二）出版時沒有印署全集編人的名字，事實是，當時我不知此稿何來，也不知何人編輯；出版後，聞

藝莎（譚秀牧）在我的《中國新文學大系 · 續編》題字，談及此書編纂的經過

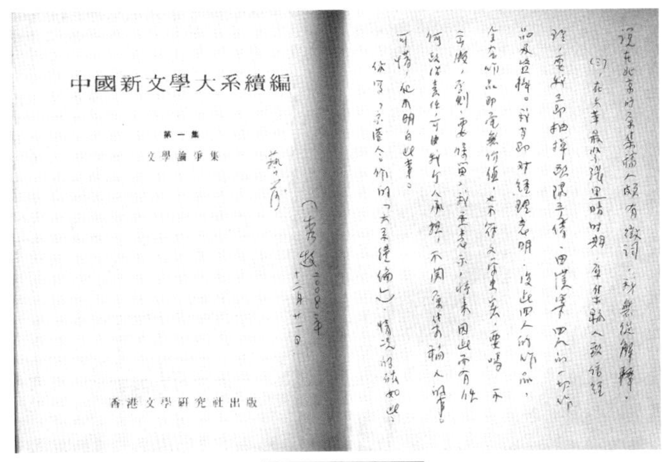
中國新文學大系續編

第一集

文學論爭集

藝莎

（秀牧 2008年 十二月廿一日）

香港文學研究社出版

說是北京的全集編人頗有微詞，我無從解釋。
（三）在大革最緊張黑暗時期，全集編人致信經理，要我立即抽掉歐陽予倩、田漢等四人的一切作品及資料。我當即對經理表明，沒此四人的作品，全套作品即毫無價值，也不符文學史實，要嗎不出版，否則，要保留。我並表示，將來因此而有任何政治責任，可由我個人承擔，不關全集編人的事。
可惜，他不明白此事。
你寫了「京港合作的『大系續編』」，情況的確如此。

藝莎的題字2

剪輯的雜誌

香港寸金尺土，居住環境擠迫，愛書人最大的煩惱是怎樣處理雜誌。通常一本雜誌中，合口味又需要保存的文章，可能只得幾頁，完整地留下全本，佔據空間不少，划不來；撕下來卻容易散失，有甚麼好辦法呢？

多年前我曾經收進過幾本舊雜誌，原書主的處理方法很巧妙，舉個例：他先用 A 雜誌作保留的底本，再把 B、C、D……各種雜誌上有用的文章剪下，再貼到 A 雜誌中不需要的篇幅上……最後，整本 A 雜誌便變成了雜誌的「聯合國」，每頁都是有用的資料。

這種具「聯合國」性質的剪貼舊雜誌，所佔的空間不多，翻查容易，外人還可以摸索到藏書者的閱讀口味。當年買到的那幾本，賣書的人說：是葉靈鳳的！不知是真還是假？

我手上還有另一批「聯合國」雜誌：原書主把他需要的雜誌資料撕下，再把出自同一種，或開度相同的湊集一起，用線把雜誌釘成線裝本，然後在封面上寫上雜誌的性質及內容。大家見到的這本，書法如此工整、漂亮，不知是出自哪位愛書人的？

近年在雜誌上發表的東西多了，各種各類的雜誌也到了該處理的時候，終於下了決心：把自己的文章及需要的資料狠心地撕下，裝釘成冊，書架立即騰出空位不少！

上海拼影什志 二集（鳳阳中学劝戒学生早婚文）
世界洗浴的風俗 上海交際花 王映霞
著名告狀 康安縣之風俗 林語堂講学
楊德昭 張天翼失竊票單 粵省梳女
盧保華 林庚白 李登輝 東風化家
胡木蘭 熊式輝 蘇炳文 蝴蝶婚訊

剪輯的雜誌 一

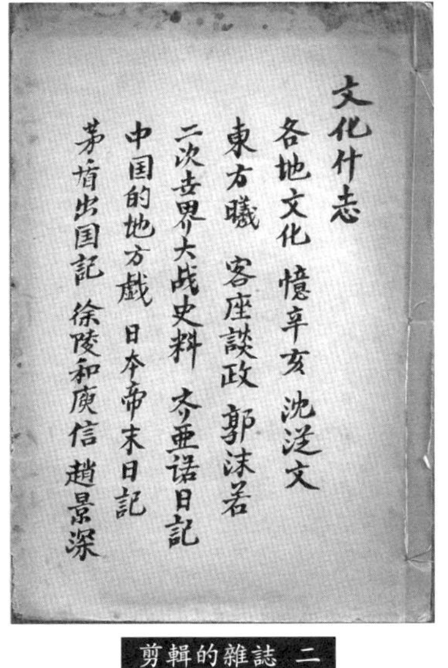
文化什志
各地文化 憶辛亥 沈從文
東方曦 客座談政 郭沫若
二次世界大戰史料 本亞語日記
中国的地方戲 日本帝末日記
茅盾出国記 徐陵和庾信 趙景深

剪輯的雜誌 二

上海拼影什志 一冊 廿二年
廣州藍衣党 馮玉祥 樊仲雲
謝冰瑩 熊式輝 鄒韜奮与林語堂
戴墅賦 徐鴻悲 郁達夫的兒子
郭沫若 川島芳子 北平徵妾啟事

剪輯的雜誌 三

「斬件」重印本

一九六〇及七〇年代，「中國風」吹遍全球，香港因背靠祖國，地理位置優越，世界各地圖書館的主事者，都喜歡來香港選購絕版舊書，以至供不應求，舊書一登龍門身價百倍。一些舊書業者見有利可圖，便重印舊書圖利。印量過千冊的，可交印刷廠重印，需求略少的，用坐枱「紙版」柯式機印一兩百本，較冷門的，就用複印機印三幾本應急。

這些複印本印好後，交專門的裝釘師傅疊齊、穿線、加厚卡紙及漆布製成精裝封面，再加熨金壓字，就成了非常精緻的珍本。旅加五年，我在多倫多圖書館就讀過不少這種外界罕見、書店缺售的書種。這種「複印本」一般是人客要多少，就影多少本的，像我們去燒臘店，要甚麼就「斬」甚麼，我稱之為「斬件本」。製作「斬件本」的書店，在賣完高價精裝本後，通常會把當日多印的幾冊備用本平裝推出益窮愛書人。

近日整理藏書，翻出來吳天的《懷祖國》（上海萬葉書店，一九四〇）和梅藍的《里程碑》（上海萬葉書店，一九四一），都是錢君匋和錫金主編的文藝新潮社小叢書。吳天即是劇作家方君逸，他的劇本甚多，散文就只有《懷祖國》。梅藍不知是誰，只知是個滿腔熱血的年輕人，《里程碑》也是他唯一的散文集，此書非常罕見，連《中國現代文學總書目》也未收。

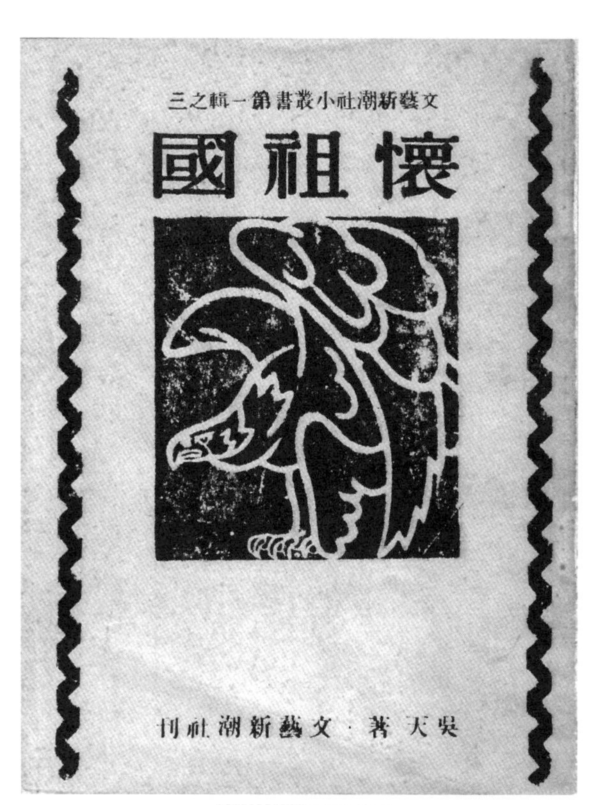

文藝新潮社小叢書第一輯之三
懷祖國
吳天著·文藝新潮社刊

「新件」重印本

「偽書」

我這裏所說的「偽書」，指的是一些非正確的書。

比如我曾在本欄內寫過一九五〇年代，由南洋圖書公司出版施濟美的《後窗》就是。事實上施濟美從來沒寫過《後窗》一書，那本書只是用了施濟美的《莫愁巷》，胡亂改個書名來蒙騙讀者，達到其廣銷目的。這種「偽書」還算盜印者有良心，如果他隨意選一批書，胡亂冠上施濟美的名字，「粉絲」受害更大。

如今大家見到的這本，由香港三達出版公司印行，署名林淑華女士著的《婚變記》，就是作者和內文都胡亂組合的超級「偽書」。林淑華是一九四〇年代的上海作家，她和丈夫徐惠民衝破封建社會的樊籠結合，後來卻年青守寡……。她把自己坎坷的遭遇寫成小說《生死戀》，發表在《伉儷》月刊上一舉成名，「洛陽紙貴」銷了多版。一九五〇及六〇年代的香港也翻印過多次，我少年時代讀之亦甚感動，在坊間還買到林淑華的《情意綿綿》和《春花秋月》，後來從一九八三年浙江文藝重印的《生死戀》中知道，林淑華其實只寫過《生死戀》，這些都是「偽書」。

手邊這本不具出版日期，估計是一九六〇年代出版的《婚變記》，由兩本書合成，厚達三百四十多頁，隨意一翻，即知道是蘇青的《結婚十年》，其實蘇青的名氣遠遠在林淑華之上，銷量亦應有保障，翻印書商的動態有時真莫名其妙！

林淑華的偽書之一：《春花秋月》

林淑華的偽書之二：《婚變記》

林淑華的偽書之三：《情意綿綿》

上海版《生死戀》

我少年時代所讀的閑書中，印象較深刻的是周白蘋的《中國殺人王系列》，金庸、梁羽生、高峰的武俠小說，和林淑華的《生死戀》。「殺人王」和三大名家的武俠小說，如今已膾炙人口，大概無人不知；但，林淑華的《生死戀》，知道的人恐怕不多。據說本書是以她親身經歷的愛情事件寫成的，不該是小說，而是本報告：

十六歲的林淑華與鄰里青年徐惠民相戀，因為門第懸殊，淑華的父親極力反對，可是，一對小情人仍暗中來往。後來惠民發憤求學，終成為醫生。而個性倔強的淑華，經過多年的努力掙扎、反抗，衝破重重困難與阻撓，終與惠民結成夫婦。無奈婚後兩年，丈夫卻因急性肺病逝世，留下淑華獨力撫育兩名幼女。為了完成丈夫臨終時的囑咐，淑華苦苦支撐。因投稿認識了雜誌編輯吳好好，在他的鼓勵下，於惠民逝世三週年前，完成了《生死戀》，先連載於《伉儷》月刊，並出了單行本，十分暢銷。

當年我所讀的《生死戀》，是香港的翻印本，直到近年常往上海搜尋舊書，終見到這本原版的《生死戀》（上海伉儷出版社，一九四八），奇怪當年印過多版，近二萬冊的書如今也很難見，有興趣的讀者，不妨翻翻一九八三年，浙江文藝出版社新一版《生死戀》，此版印了十七萬五千冊，應該不難找吧！

上海版《生死戀》

香港版《生死戀》

《伉儷月刊》

《伉儷月刊》是一九四〇年代後期，在上海出版的一種家庭雜誌，由吳好好主編，一九四六年六月創刊，出至一九四八年十月，共出二十九期，二十五開本，每期約一百頁。該刊封底內頁有〈投稿七件事〉，第一項即指出此刊以家庭實際生活為主，歡迎家庭問題、伉儷生活、戀愛、家政、育兒、風俗、小說、遊記、小品……等文章，一看即知專為家庭主婦而設。一九四〇年代的上海是文化重鎮，這樣普通的期刊遍地皆是，雖有胡山源、周振甫等名家助陣，也不應為人注意，而它之所以給人留下印象，是因為連載了林淑華的《生死戀》。

《生死戀》由一九四六年十二月開始在《伉儷》上出現，大受歡迎，林淑華收到很多勉慰的讀者來信，周振甫、胡山源及劉釗等均撰文推介，周振甫認為作者用自己親身的經歷配上真愛、真感情，混和着血淚，是一部能使人奮發向上的好書。劉釗則認為此書的文筆和情節比《浮生六記》有過之而無不及，編者吳好好還說他的幾位親友，是《生死戀》的忠實讀者，甚至等不到下一期《伉儷》的出版，特地趕到編輯部去看《生死戀》的小樣。

我手上所存幾本《伉儷》中，連載的《生死戀》都為前一任書主撕去，丟了雜誌而留下連載的小說，可見其受歡迎的程度。

一篇小說令雜誌留名，《生死戀》算是創舉！

《伉儷月刊》之一

《伉儷月刊》之二

融入文化的老店

「陸羽茶室」是香港無人不知的老牌名茶室，但它是何時創辦的？一直都開在中環士丹利街的現址嗎？這些具歷史性的問題恐怕不易找到答案。

如果你對「陸羽」有興趣，不妨翻閱一下這本《陸羽茶室歷史回眸》（香港陸羽茶室酒樓有限公司，二〇一〇），這本十六開彩色精裝，八十多頁百多幅圖的「藝術品」，我最初捧進手裏以為是一般宣傳品，翻開即愛不釋手，驚嘆現代印刷之精美，宣傳手法早已融入歷史資料、藝術與文學之中。

《陸羽茶室歷史回眸》收文二十餘篇，首篇〈陸羽茶室歷史回眸〉即介紹了茶室由馬超萬和李熾南一九三三創辦於永吉街，到一九七六年遷到現址的歷史，使人對這間與我們共同成長的名茶室有較深入的了解。至於〈陸羽茶室與茶聖陸羽〉、〈一度成為粵劇名伶的聯絡處〉、〈文化界怎樣看「陸羽」〉、羅琅的〈陸羽茶室的文化味〉……和唯靈、韋基舜、王亭之等人的印象，記錄着陸羽不單單是一所茶室，還是培育香港文化的溫牀。

讀《陸羽茶室歷史回眸》，不僅看到它的文化味、珍藏的藝術品，我最愛的，是它印得比實物還要漂亮吸引的：釀豬膶燒賣、杏汁鮮奶卷、蛋黃合桃蓉包、上湯片兒角、古法金錢雞……能不垂涎欲滴？

封面

封底

不彈此調久矣

科華圖書出版公司老總鄭炳南來信，邀我參加「中日偵探推理小說交流研討會」，談香港推理小說的發展過程，老許不彈此調久矣，婉拒之，卻勾起一段沉澱已久的記憶：

一九七〇及八〇年代，為稻粱謀，我身兼數職，每日工作十六小時，可幸下午二時至七時唱獨腳戲看管小書店，當年開書店是求讀書方便，生意淡薄之餘，尚可有固定時間讀書寫稿，苦中作樂，為求減壓，總愛讀推理小說。

我所讀的日本推理，是由松本清張開始的。

由一九七八年起，香港天地圖書公司推出了一系列松本清張的推理小說，全部都是晏洲譯的，有：《點與線》、《黃色風土》、《時間的習俗》、《寒流》、《遇難》、《危險的斜面》、《雙聲記》和《犯罪廣告》等八種，長、中、短篇均有，相當全面，後來還由沈西城譯過《喪失的禮儀》及《沒有果樹的森林》。此外，晏洲還譯了《松本清張半生記》，是松本清張本人所撰的自傳，記述了他四十歲前的生活歷程。

在這套書出版以前，我只讀過希治閣、福爾摩斯和阿嘉莎，豈料一接觸松本清張即不能釋手。這套書譯筆流暢，加上日本與中國文化上及生活上，有很多接近的地方，讀之，迅速投入且沉迷矣！

《松本清張半生記》

天地出版的推理系列

松本清張及其他

松本清張（一九〇九至一九九二）是一九五〇年代開始寫推理小說的，他的處女作《西鄉鈔票》即奪得一九五一年《朝日週刊》的徵文獎。翌年，他又以《某〈小倉日記〉傳》奪「芥川龍之介獎」。自此，松本清張的創作源源不絕，出版了過百部作品，被推許為日本現代新派推理小說的開山祖師。他的代表作《點與線》及《焦點》行銷過百版，被譽為世界十大推理小說之一！

一九七〇年代的香港，推理小說的讀者不多，除了天地版的松本清張外，可以說是沒有其他的了。我因為開書店之便，得以讀到從臺灣進口的書，當年的林白、希代、志文等出版社均印行了不少推理書，狂啃得不亦樂乎。在松本清張以外，我特別喜歡的作家還有森村誠一、西村京太郎、夏樹靜子、仁木悅子、山村美紗、江戶川亂步、橫溝正史等。

到一九八〇年代，本港的博益出版社也印過不少四十開袋裝的推理小說，有仁木悅子、夏樹靜子等人的作品，但重點卻在新紮師兄赤川次郎的「三色貓推理」。赤川次郎是日本極受歡迎的推理作家，出道不久即奪得年輕人的歡心，每年版稅的收入甚至超越了松本清張，不過，我讀了幾冊，無法接受，大抵此即所謂各有所好吧！

松本清張的代表作《點與線》

松本的傑作《焦點》

《推理》雜誌

我之愛讀推理小說，其實很受林佛兒的《推理》雜誌影響。

林佛兒是臺灣的文藝愛好者，我一九六〇年代即讀過他的散文集《南方的果樹園》，抒情味濃且優美。他一九六九年辦林白出版社，於一九八四年十一月創辦《推理》雜誌月刊，起先是三十二開本，約二百六十多頁，不久即改為大三十二開本，頁數不減，等於增加分量，更見得體。

每期《推理》的封面均色彩奪目，十分吸引。創刊號分「特稿」、「日本推理小說」、「創作推理小說」、「西洋推理小說」、「長篇連載」和「其他」六部份。「特稿」刊〈訪吳宏一教授談推理小說〉、〈懷念艾勒里・昆恩〉等六篇；「日本推理小說」即刊出松本清張和夏樹靜子的短篇；「創作推理小說」是鄭清文的〈死角〉和陳煌的〈化裝舞會〉；「長篇連載」是倪匡的《異寶》，「其他」則是些推理遊戲；此後多年也按此法分配，間中還會組織一些特輯。

《推理》月刊是本長壽雜誌，一直出到二〇〇八年四月才停刊，前後出了二十四年，共二八二期。我是《推理》的長期讀者，雖沒有訂閱，卻是逢見必買，書架上密麻麻地排了好幾格，最後的一期是二〇〇〇年五月的第一八七期，即是我的推理閱讀習慣停留的歲月。一本月刊能連續出版二十多年，非常難得。

《推理》雜誌三十二開本的創刊號

大三十二開的《推理》

讀《偵探》· 憶故人

我開書店的一九八〇年代，日本推理小說在香港的銷量不多，同一本書，小店一般只能售出三至五冊，和一九七〇年代末期，兩個星期賣光初版二千冊司馬長風的《中國近代史輯要》，五百本錢鍾書的《舊文四篇》，不可同日而語！

買推理小說的讀者，來來去去都是那一二十人，雖然書要三幾十，但他們都不會手軟，每次買到新書，總愛來小店「擺龍門陣」交換心得。其中一位在報館任職的劉先生（好像叫劉健），醉心推理的程度比我尤甚，送來兩冊我從未見過的《偵探》月刊。

《偵探》月刊是臺北出版的雜誌，是本純翻譯的小說刊，編者叫汪成華，三十二開本，二二六頁，當年見的是一九八六年四月及五月出版的二四八、二四九期，還有總六六一及六六二期的字樣，以月刊來說，歷史相當悠久，奇怪香港沒有人代理，劉先生還因是長期訂閱者才可讀到。

《偵探》完全不注重版面設計，排得密麻麻的，只求多刊篇數，滿足流行小說讀者「不求享受，但求濫多」的膚淺要求，很多小說甚至連原作者的名字都不具，比諸林佛兒的《推理》，相去甚遠！劉先生贈我兩冊《偵探》後，人間蒸發，從此再未見過。二十年後睹《偵探》憶故人，劉先生好！

《偵探》雜誌書影

《偵探》二四八

《日本十大推理名著全集》

一九八〇年代所見的臺版日本推理小說中，以「林白」的最普遍，它的《松本清張選集》和《日本推理小說傑作精選》系列，多是在《推理》雜誌上一刊完即出單行本，又快又漂亮，雄霸整個市場。及至一九八七年，希代書版有限公司忽地推出了一套十冊的《日本十大推理名著全集》，令人耳目一新：在冊數來說，雖然仍遠遜林白，但在作品水平來說，是足可分庭抗禮的。

這十本書順序是：江戶川亂步的《黑蜥蜴》（通俗推理）、橫溝正史的《獄門島》（解謎推理）、高木彬光的《破戒審判》（法庭推理）、土屋隆夫的《危險的童話》（凶器推理）、松本清張的《時間的習俗》（社會推理）、仁木悅子的《林中之家》（謎奇推理）、佐野洋的《透明受胎》（科幻推理）、笹澤左保的《空白的起點》（犯罪推理）、森村誠一的《高層的死角》（空間推理）和夏樹靜子的《遙遠的約定》（保險推理）。

這套書由久居日本，畢業於早稻田大學的臺南推理作家傅博（一九三三出生）選編的，他本身是日本推理作家協會的會員，能用日文寫作，編選水平甚具代表性，而且還在每本書前都附錄了一篇〈作家與作品〉，介紹該作者的生平及其作品風格，使讀者在讀小說之餘，對作家有較深入的了解，是其他推理小說所沒有的，十分難得！

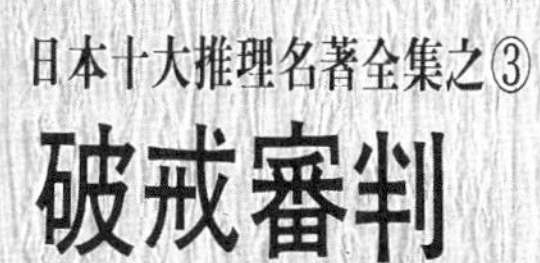

《日本推理小說傑作精選》書影

夏樹靜子的《遙遠的約定》

老版《福爾摩斯探案全集》

柯南道爾（一八五九至一九三〇）創造的福爾摩斯是全世界婦孺皆知的大偵探，他自一八八七年在《血字的研究》中面世以後，屢破奇案，百多年來一直受人尊敬，讓人以為他真有其人，時至今日，仍有不少人寫信到「倫敦貝克街二二一號 B」給福爾摩斯，請他解決難題。

福爾摩斯探案的故事，早在晚清時代已傳至中國，我的書架上保留了一套上下兩冊，厚達十厘米的老版《福爾摩斯探案全集》（上海世界書局，一九三四），此書為程小青主編，一九六〇年代買到時已「甩皮甩骨」，只好請裝釘師傅精裝成兩巨冊，封面無甚看頭，只好看這一九三五年三版的版權頁了！

我的這套《福爾摩斯探案全集》，含長篇《血字的研究》、《四簽名》、《古邸之怪》和《恐怖谷》；短篇《冒險史》、《回憶錄》、《歸來記》和《新探案》共六十案，由程小青、包天笑、范佩萸、尤半狂、鄭逸梅、顧明道……等民初文人翻譯，文白夾雜，文筆或欠流暢，但我仍然珍藏，除了版本罕見外，書前有插圖一四八頁，是原版所附圖片，再加上程小青和美國威爾遜碩士的序文，〈奧塞柯南道爾爵士小傳〉和〈關於福爾摩斯的話〉，都是珍貴的資料，讀小說之餘，平添樂趣不少！

福爾摩斯探案插圖專著

程小青 著譯 介紹

斐洛凡士探案全集

美國范達痕原著

1 貝森血案 二册 一元四角
2 金絲雀 二册 一元四角
3 姊妹花 二册 一元六角
4 黑棋子 二册 一元六角
5 古甲蟲 二册 一元六角
6 神秘之犬 二册 一元四角

世界書局發行

世界名家偵探小說集
霍桑探案彙刊一二集
霍桑探案外集

中華民國二十三年十一月[illegible]
中華民國二十四年七月三版

福爾摩斯探案全集 精裝二册

定價大洋五元
（外埠酌加運費匯費）

版權所有 不准翻印

著者：柯南道爾
譯者：程小青等
出版印刷者：上海大連灣路 世界書局
發行所：上海及名會 世界書局

《福爾摩斯探案全集》版權頁

推理「小說」以外

醉書室書架上和推理有關的書剛好十排，應不少於六百冊，幾全屬翻譯的小說，有關理論、歷史、作家傳記等工具書卻少得可憐：《偵探小說學》（天津百花文藝，一九九六）、《神祕的偵探世界》（上海學林，一九九六）、《世界偵探小說史略》（上海譯文，一九九八）、《歐美懸念文學簡史》（長春時代文藝，二〇〇四）、《松本清張半生記》（香港天地，一九七九）、《懸念大師希區柯克之謎》（北京中國電影，一九九九）、《阿加莎·克里斯蒂自傳》（北京新華，一九八六）和日本自由國民社編的《世界推理小說大觀》（北京群眾，一九九〇）等，均屬於專著，如對該範疇沒有興趣，讀之枯燥無味，肯定你很快棄之如舊履，永不再沾手。

若你已上推理小說癮，而又很想多了解推理的世界，我覺得最有用的工具書是曹正文領導東方明、顧馨等二十一人合著的《世界偵探推理小說大觀》（上海辭書，一九九五）。

此書是厚達千餘頁的精裝本，書前有他自撰的〈世界偵探推理小說史話〉，凡四萬字，對推理小說的流變記述詳盡。書內則搜羅世界各國著名的推理小說數百種，並將故事內容撮寫，方便查閱。書後還附錄了〈主要偵探推理小說家〉和〈小說人物選介〉，資料非常豐富，是熱愛推理者不能缺少的工具書。

《世界推理小說大觀》

《世界偵探推理小說大觀》

孫了紅的俠盜

孫了紅（一八九七至一九五八）是現代著名的偵探小說家，他由一九二〇年代開始創作，早期的偵探小說《傀儡劇》發表於一九二三年的《偵探世界》上。及至一九四六年，他擔任《大偵探》主編後，創作尤其勤快，可惜長期患肺病，影響了他的寫作生涯，重要作品有《俠盜魯平奇案》、《藍色響尾蛇》、《紫色游泳衣》、《夜獵記》等幾本，主要都是一九四〇年代出版的。

孫了紅創作了「俠盜魯平」這號人物，他「戴紅領結，左耳生着顆紅痣，吸土耳其雪茄」，是位劫富濟貧、玩世不恭的俠盜，孫了紅的創作，都以他作主角。盧潤祥說：

> 孫了紅的魯平探案大部份作品具有一定的社會意義與認識價值，它不一味單純追求感官刺激與血的恐怖，作品對當時社會黑暗、政治腐朽、壞人當道、貧富不均，爾虞吾詐的不平現象均有反映和不滿的言辭。（見《神祕的偵探世界》）

《俠盜魯平奇案》（上海萬象書屋，一九四三）是他唯一以魯平作書名的十多萬字短篇小說集，此中包括魯平冒認大偵探霍桑盜寶的《鬼手》，劫富商以救濟弱質女子的《竊齒記》，寫謀財害命的《血紙人》，走進魔屋歷險的《三十三號屋》，都是創作於七十年前的驚險偵探小說。成功的文藝作品沒有時空限制，偵探小說則最難過此關，難得的是今天看來，魯平仍有吸引力！

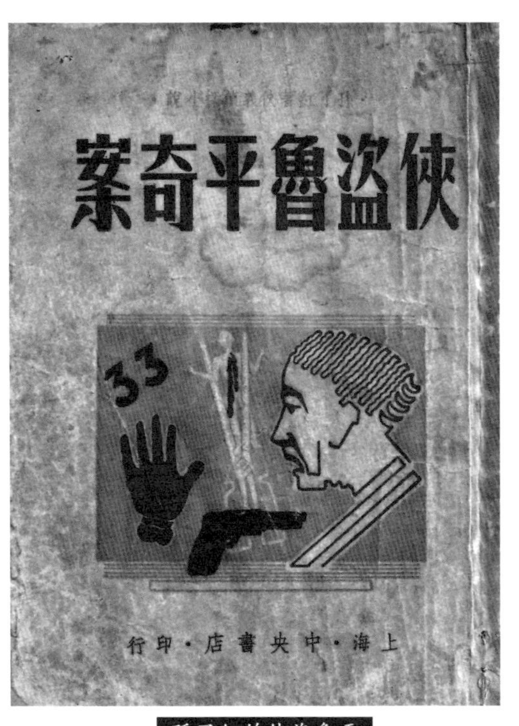

孫了紅的俠盜魯平

扉頁

卜少夫這個人（第五集）

編者	卜幼夫
發行人	新聞天地社
出版者	新聞天地社
發行所	新聞天地社 臺北辦事處 臺北市復興北路 207 號十樓 電　話：(02) 27139668
印刷所	台彩文化事業股份有限公司 新店市中正路 501 號之 11 電　話：(02) 22185582 傳　真：(02) 22197941

中華民國 89 年 12 月初版

行政院新聞局登記證局版台僑字第 0019 號

有版權・翻印必究

版權

《藍色響尾蛇》

《長夏的南洋》

湖南人羅靖華一九二〇年代活躍於南洋的報界，他到過馬來亞、星加坡、泰國各地，一九二九年到荷屬爪哇吧達維亞《天聲日報》任職，並化了多個筆名於該報副刊拉雜寫了大批與「南洋」有關的雜寫。可惜一九三一年間，他「被當地政府因為文字案先監禁七月，然後驅逐出境」。其後羅靖華客居北平，把一九二九至三〇年間所發表的雜寫，整理並出版了這本《長夏的南洋》（上海中華書局，一九三四）。

《長夏的南洋》約十萬字，用三十多個標題，寫他眼中的南洋。〈遊萬隆〉、〈夜市〉、〈高山頂上看日出〉、〈福島吧里記〉、〈萬丹的回憶〉……等各篇，主要寫他在南洋各地的遊記，可惜插圖較少且模糊不清，現今讀者要求甚高，這些純文字的遊記，在資訊發達的今天，已沒有甚麼吸引力。

我比較欣賞的，是寫當地馬來人風俗及華僑生活的那批，如寫白種人是〈天之驕子〉，天黑了馬來人不賣〈釘子和石灰〉的習慣，最會享樂的馬來人常〈浪練〉，都頗具深度。尤其寫單身在此打工的華僑，常會請「水客」把家鄉的老婆帶過來，住幾個月，待「播種」有成，又讓「水客」把老婆運回家鄉去，花費甚鉅，〈老婆來了〉和〈老婆回去了〉兩篇雖然不太長，也不夠深入，卻道出了華僑「傳宗接代」過程的悲哀！

羅靖華《長夏的南洋》書影

民國二十三年三月印刷
民國二十三年三月發行

長夏的南洋（全一冊）

◎定價銀八角
（外埠另加郵匯費）

有著作權 不准翻印

著者 羅靖華
發行者 中華書局有限公司 代表人陸費逵
印刷者 上海靜安寺路 中華書局印刷所
總發行所 上海棋盤街中華書局
分發行所 各埠中華書局

（七五九一）

版權

連士升的《海濱寄簡》

福建福安人連士升（一九〇七至一九七二）一九三一年畢業於北平燕京大學經濟系，想不到後來卻成了新加坡無人不知的文人。他一九四〇年代到新加坡，受聘於南洋商報社，任該報主筆二十多年。其後任南洋學會會長、新加坡大學校董、作家協會顧問……，一直都是當地文化界舉足輕重的人物。

連士升的作品甚多，此中以《回首四十年》、《閑人雜記》和《南行集》較為著名，後來還出過十二卷本的《連士升文集》，這套書為二十五開的軟精裝本，外加塑膠書套，製作精美。因為在香港印刷，一九六〇及七〇年代本地坊間常見，可如今我的小書房裏只剩下這本文集第五卷《海濱寄簡》（新加坡星洲世界書局，一九六三），後面的《海濱寄簡二集》、《海濱寄簡三集》和《海濱寄簡四集》卻不知何時失去了。

《海濱寄簡》收書簡四十八通，寫於一九五七至五八年間。連士升在自序中說，他原先最怕寫信，卻喜歡讀朋友給他的信和名作家的信札。受這些信札的啟示，他開始給年輕人寫信，每星期一篇近二千字的書信，在報章上發表時署名「子雲」，寄給他不具名的年輕朋友，和他們討論文學、哲學、心理及社會問題，不僅受大眾歡迎，還為一些中文老師選作學生必讀的課外讀物，文人連士升也就成了那一代人的青年導師。

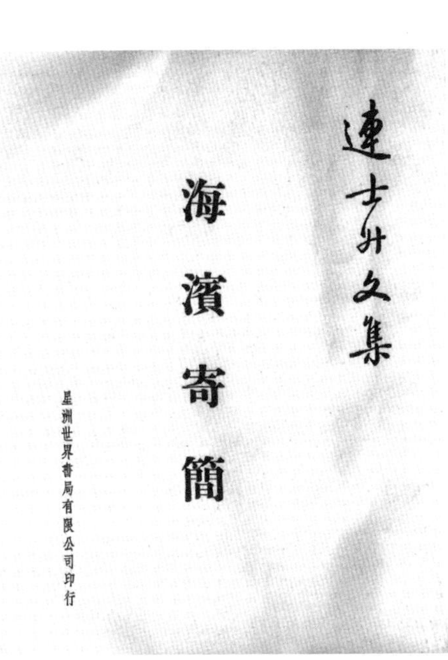

連士升的《海濱寄簡》

連士升文集
海濱寄簡

星洲世界書局有限公司印行
星洲大坡大馬路二〇五號

金強印務公司承印
香港士丹頓街八十號

發行
吉隆坡　世界書局
檳　城　世界書局
各地書局均有代售

1963年8月版
【總：3815A】
定價叻幣一元五角

版權

南洋作家溫梓川

南洋作家溫梓川（一九一一至一九八六）原籍廣東惠州，他原名溫玉書，出生於馬來西亞舊稱檳榔嶼的檳城，一九二七年入讀上海暨南大學，求學時期開始寫作，為《語絲》、《良友畫報》、《奔流》、《濤聲》……等著名雜誌撰稿，結交當時文壇俊彥。畢業後回到馬來西亞，歷任《新報》及《光華日報》編輯。他寫詩歌、雜文、小說和文學研究，最重要的作品是《文人的另一面》（新加坡世界書局，一九六〇），寫與他交往過的文人舊事，資料翔實可靠。

其實，除了文壇回憶錄，溫梓川還寫過不少散文小品和小說，但不知何故，不論是建國前內地出版的，還是香港或馬來西亞出版的，都相當罕見。如今大家見到的這本《夫妻夜話》（海濱書屋，一九五二），是在香港承印，南洋各地發行的書，也是我手上唯一一本溫梓川的短篇小說集。

《夫妻夜話》約七萬字，由〈夫妻夜話〉、〈鋼琴〉、〈雞與我〉、〈舊戀〉、〈平行線〉、〈飄流異國的女人〉……等十三個短篇組成。溫梓川擅於從生活細節中取材，夫妻之間的對話，日常生活中瑣碎的小事，一座鋼琴、一所療養院、少女含情默默的一瞥、船上的偶遇……在他的筆下都寫得細膩、風趣幽默，加上濃厚的南洋地方色彩，對讀者有一定的吸引力。

温梓川的短篇小說集《夫妻夜話》

溫梓川編的兩本書

以《文人的另一面》響滿文壇的南洋作家溫梓川，一九五八年為星洲世界書局編了兩本有關中國現代作家的暢銷書：《作家的學生時代》和《作家的創作經驗》。星洲世界書局和香港文學研究社、香港世界出版社同是一家人，關係相當密切，書雖然標明是星洲出版，實際是在香港印刷的，自然也在本港出售，早年很容易買到。不過，事隔半世紀，書當然早已絕版，坊間及圖書館都難得一見。

《作家的學生時代》收陳衡哲、朱光濳、曹聚仁、謝六逸、謝冰心、謝冰瑩……等二十一位名人談他們學生時代的故事，這些名家不一定是文學作家，像錢君匋的〈記少年的藝術生活〉、金仲華的〈我曾經想做一個體育家〉和尤墨君的〈珍奇的雜憶及其他〉，都是其他地方難讀到的文章。

《作家的創作經驗》則收施蟄存、沈從文、郁達夫、老舍、巴金、周作人、張愛玲……等二十六位名家談他們創作的經驗，此中比較少見的是王獨清的〈我文學生活的回顧〉、王了一的〈關於寫文章〉和平可的〈小說與我〉。

這兩本書合共近二十萬字、四十多篇回顧文章，在編輯形式上大致相同，都是先有一段作者簡介，然後收錄正文，這對熱愛文學的青少年有莫大的裨益，很值得重印以作中學生的課外讀物。

溫梓川編的《作家的創作經驗》

《文人的另一面》

出生於檳城的文藝青年溫梓川，於一九二六年回廣州入中山大學升學，翌年轉學上海暨南大學。當年的暨南是南方文學的重點學院，溫梓川在此參加了秋野社、暨南文藝會與檳榔社等，培養了他的文學情操，熱心文學運動及寫作。

溫梓川在暨大畢業後，回到檳城從事教育及編輯工作，並開始寫一些有關一九三〇年代上海文壇的回憶錄，他用輕鬆幽默的筆法，為他交往過的文人：老師夏丏尊、梁實秋、傅斯年、沈從文、汪靜之、曹聚仁、葉公超……，同學何家槐、徐轉蓬、黑嬰、彭成慧、陳福熙……等撰寫軼事，寫一些正史中或傳記裏為人忽略了的趣事，題為《文人的另一面》（新加坡世界書局，一九六〇）出版。到一九七二年，臺北的晨鐘出版社也印了一版，可惜此書絕版多年，一般讀者難以讀到。

一九八〇年代南通學者欽鴻，把原版《文人的另一面》裏所收的三十五篇文章，加上他多年來收集所得溫梓川所寫，同類性質的回憶性質文章共七十餘篇，近三十萬字，以「名師風采」、「暨南往事」和「文壇回想」三輯，出了厚厚一冊，新版《文人的另一面》（廣西師範大學，二〇〇四）。

溫梓川在馬來西亞生活，遠離本土，不受複雜的人事關係左右，暢所直言寫成《文人的另一面》供學者研究價值甚大。

內地版
《文人的另一面》

臺版《文人的另一面》

《南方晚報》徵文集

一九五〇年出版的《南方晚報》，是陳嘉庚一九二三年所創辦新加坡《南洋商報》的屬下報章，由曾鐵忱（一九〇三至一九六七）任總編輯時，他還主編文藝副刊《綠洲》和《週末青年》，鼓勵青年創作不遺餘力。他在一九五二年辦過一次徵文，並把入選作品出了選集：散文選《給一個少女》，小說選《甘榜之春》和如今大家見到的這本《莉娜》。在後記中他還「向讀友們報導一個好消息：本報將繼續發刊創作小說選集及作者個別的專集」，不知他們後來還出過些甚麼書？

《莉娜》是本九十六頁的小書，內收八位年輕人的短篇小說：正平的〈莉娜〉、光華的〈春天洗不掉的哀傷〉、雲天的〈我為這少女祈禱〉、鍾力行的〈含笑花和白玫瑰〉、魯焰的〈觸不到春天氣息的甘榜〉、李真吾的〈椰樹梢頭的月亮〉、葉苗的〈集圓甘榜的新生〉和譚流璇的〈甘榜爪哇之春〉，都是當年的文藝新人寫的生活小故事。這次徵文沒分名次，無論是《甘榜之春》還是《莉娜》中的小說，都寫得相當不錯，是無分先後的「姊妹篇」。不過，曾鐵忱卻特別提到光華的〈春天洗不掉的哀傷〉，認為它「追述某一黑暗時代的黑暗場面，這在我個人所曾過目的同類題材之許許多多作品中，可算得最使我低徊不已的一篇。」但這些出版了六十年的小書，在當地也相當罕見了。

《南方晚報》徵文集《莉娜》

曾鐵忱的搜奇錄

一九七〇年代中，我曾熱心搜尋有關南洋的書籍，尤其是馬來人的風俗、傳說、巫蠱、降頭……等神祕內容的特別有興趣，總有十來種之多。豈料如今翻翻，手邊只剩下曾鐵忱的《馬來亞搜奇錄》（香港中南出版社，一九六二）和魯白野的《獅城散記》（新加坡世界書局，一九五三）。

祖籍湖南的曾鐵忱（一九〇三至一九六七）原名曾廣勳，戰前曾出任中國駐新加坡總領事館副領事。一九四九年開始擔任《南洋商報》編輯、《南方晚報》總編輯，同時主編文藝副刊《綠洲》和《週末青年》。他不單從事小說創作，還是新加坡史專家，出過《新加坡史話》（新加坡南洋商報，一九六二）。

《馬來亞搜奇錄》原有兩集，我現存第二集，一百五十頁共分〈從「沙門」談到「峇旺」〉、〈「馬來紀年」中的降頭故事〉、〈馬來巫醫的醫藥論據〉、〈馬來巫師的降頭符錄〉、〈馬來降頭師的騙術〉、〈馬來巫師的護身降頭〉、〈馬來巫師的愛情降頭〉……等十一個專題作出剖析、研究。

曾鐵忱寫的雖然是「搜奇」，但因他是位史家學人，所論所述均着重資料及古籍的記載，決非道聽塗說，可信性甚高。尤其〈馬來人的火砲〉、〈馬來亞的老虎〉及〈百五十年前的檳榔嶼〉三篇，引古證今，是深入淺出的學術性論文。

第二集
馬來亞搜奇錄
曾鐵忱著
中南出版社出版

曾鐵忱的搜奇錄

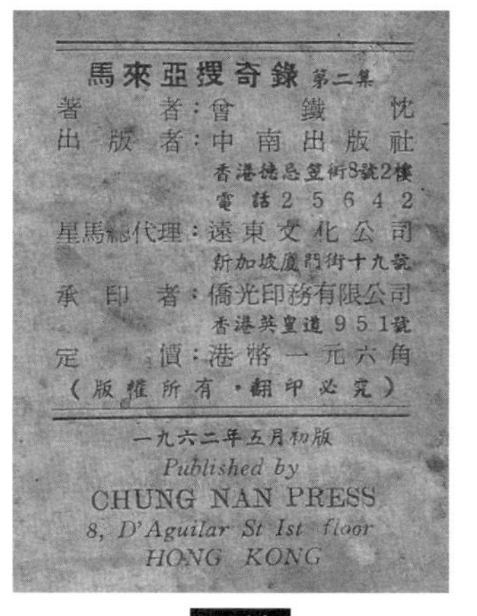

馬來亞搜奇錄 第二集

著　　者：曾　鐵　忱
出 版 者：中南出版社
香港德忌笠街8號2樓
電話25642
星馬總代理：遠東文化公司
新加坡廈門街十九號
承 印 者：僑光印務有限公司
香港英皇道951號
定　　價：港幣一元六角
（版權所有・翻印必究）

一九六二年五月初版
Published by
CHUNG NAN PRESS
8, D'Aguilar St Ist floor
HONG KONG

版權

魯白野寫獅城

原籍廣東梅縣的李學敏（一九二三至一九六一），是生於怡保的馬來亞作家，他寫小說時用筆名「威北華」，寫雜記時則喜歡叫「魯白野」。他曾在《星州日報》及法庭等機構擔任翻譯工作，一九四九年開始寫作，雖英年早逝，卻也出過《流星》、《春耕》、《黎明前的行腳》、《印度印象》、《馬來散記》……等好幾種書。

如今大家見到的《獅城散記》（星洲世界書局，一九五三），有一八四頁，約九萬字，從多角度去書寫古稱「獅城」的新加坡。五十餘篇雜記雖沒有分輯，但從內容去區分，則有寫星洲華僑名人陳澤生、胡亞基、林文慶的；寫萊佛士登陸並發展新加坡的；寫馬來民族風情與生活的；寫馬來和新加坡早期傳說的，和十九世紀後新加坡史蹟等幾部份，全面呈現獅城的簡史。

魯白野是華裔，在當年有八十巴仙人口是華人的新加坡，當然引以為榮，把幾位對社會有大貢獻的華僑排在書首而沾沾自喜，是理所然的。不過，我更喜歡他寫新加坡的部份：在〈單馬錫的由來〉中，他說：單馬錫即是淡馬錫，是新加坡的古名；在〈獅城的誕生〉中說「梵文『星加』是獅子，『坡拉』就是『城』」，〈十九世紀的生活剪影〉、〈升旗山史〉、〈取人頭謠言的起源〉……都是我們這些外邦人感到新鮮而想知道的。

魯白野的《獅城散記》

馬來亞搜奇錄 第二集

著　　者：曾鐵忱
出 版 者：中南出版社
香港德忌笠街8號2樓
電話25642
星馬總代理：遠東文化公司
新加坡廈門街十九號
承 印 者：僑光印務有限公司
香港英皇道951號
定　　價：港幣一元六角
（版權所有・翻印必究）

一九六二年五月初版
Published by

版權

《大時代中的插曲》

福建龍岩人丘絮絮（一九〇九至一九六七）一九三九年起定居新加坡，任職教師，業餘從事創作，曾出版詩集《昨夜》、《駱駝》、《生之歌》及小說集《播種者》、《榮歸》、《學府風光》、《在大時代中》、《沉滓的浮起》……等多種。

如今大家見到的《大時代中的插曲》（香港創墾出版社，一九五四）是三十二開本，一〇五頁的小書，收〈新客〉、〈搬家〉、〈加薪〉、〈廹害〉、〈他瘋了嗎〉、〈邂逅〉、和〈大時代中的插曲〉七個短篇。寫的是戰後新加坡生活的苦況：居住環境、工作、生活……，全都是勞苦大眾的生活寫照。作為書名的〈大時代中的插曲〉，是書中比較長的一篇，寫黃葵、黎明和李嬌三個青年，戰後從各地回到新加坡追尋新生活。他們做過小生意，當過白領，最後到學校裏當教師，卻受到一心辦學店的「頭家」愚弄，最終決意回祖國建設。丘絮絮在小說裏訴說了當時一般華僑青年對南洋當地的不滿，及愛國情緒的高漲！

「創墾出版社」是香港一九五〇年代出版純文學創作的重要出版社，出過曹聚仁、李輝英、南宮搏、彭成慧等人的創作，出過文學期刊《幽默》和《熱風》，想不到還出過像丘絮絮這樣新加坡作家的書。翻開《大時代中的插曲》的版權頁，見「創墾出版社」有星加坡和香港兩地的社址，見證了「創墾」的兩地關係。

《大時代中的插曲》
是在香港出版及印行的

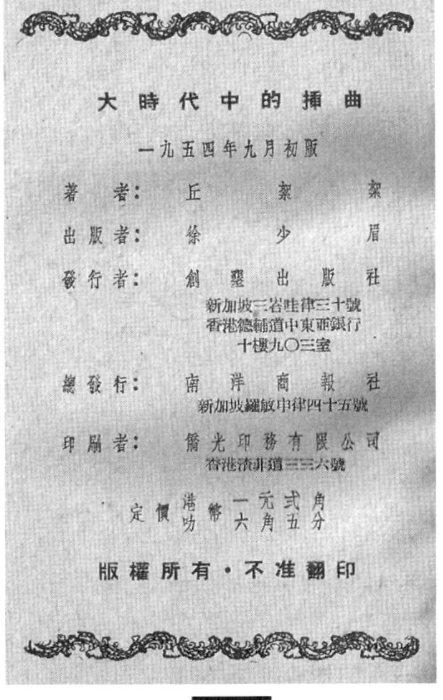

大時代中的插曲

一九五四年九月初版

著者：丘絮絮

出版者：徐少眉

發行者：創墾出版社
新加坡三若哇律三十號
香港德輔道中東亞銀行
十樓九〇三室

總發行：南洋商報社
新加坡羅敏申律四十五號

印刷者：僑光印務有限公司
香港洛非道三三六號

定價 港幣一元弍角
叻幣六角五分

版權所有·不准翻印

版權

用「大眾語」寫的小說

苗秀（一九二〇至一九八〇）是新加坡著名的小說家。他的創作有《離愁》、《第十六個》、《邊鼓》、《年代和青春》、《小城憂鬱》、《火浪》……等十多種，長篇小說《殘夜行》一九七〇年曾獲新加坡書籍獎，並被譯成日文在日本出版，揚名海外。其實，他最重要的作品是七萬字的中篇小說《新加坡屋簷下》，此書一九五一年由星洲南洋商報印行，初版六千冊兩個月即售罄，可惜當年印書不流行留紙型，再版不容易，直到十年後才重排出版，就是如今大家見到的這冊軟精裝本《新加坡屋簷下》（星洲文工書店，一九六一）。

《新加坡屋簷下》以妓女賽賽和扒手陳萬的戀愛故事作主題。苗秀在〈初版前記〉中說，他寫這本小說，目的是要揭開新加坡的屋頂，讓大家看看那些破舊的屋頂下，一些平凡小人物的生活。他深信在妓女與扒手這樣卑微的人物中，也有善良品質的人。

寫《新加坡屋簷下》時，苗秀採用了獨特的表現手法，他大量運用了當地人民日常所用的「大眾語」寫對話，在妓女與扒手活動時，又用了不少「專門術語」，他覺得這樣做很能加強小說的地方色彩。在一九五〇年代初期的新加坡，這樣做是連出版家也覺得是冒險的嘗試。結果，銷量證實了讀者的認同，苗秀也憑《新加坡屋簷下》奠定了他文壇上的地位！

用「大衆語」寫的小說《新加坡屋簷下》

新加坡屋頂下

有版權・究翻印

著　者：苗　秀

出　版：文　工　書　店

4E, Tanjong Katong Rd.
S'pore. Tel: 41397

發　行：新馬文化事業公司

Sima Cultural Enterprises Co.
50, Smith St. S'pore
Tel: 77348

印　刷：新華印刷股份公司
香港西營盤荔安里十七號

1950年南洋商報第一次印刷
1962年6月重排第一版2000本　馬幣一元二角

版權

《東海 · 西海》

一九五〇及六〇年代，星馬的中文印刷仍相當落後，很多文藝書都是在香港出版，然後運到南洋一帶銷售的，像這本《東海 · 西海》（香港維華出版社，一九六二）即是。

此書作者韋暈（一九一三至一九九六）原名區文莊，是香港出生的山東人，在官立漢文中學畢業後，進廣州美術專科學校學畫，後往當兵。韋暈少年時代已熱愛文藝，尤其愛讀張資平、蔣光慈、沈從文及端木蕻良等人的小說，並與他們通信。一九三七年到星馬定居並開始寫作小說，一九五〇年代出過長篇《淺灘》、中篇《還鄉願》、《荊棘叢》和《烏鴉港的黃昏》等好幾本短篇，而《東海 · 西海》則是他首本散文集。

韋暈有一個時期在馬來西亞做小生意，用小車把日用品運到邊遠的小鄉鎮及海島去販賣，走遍了馬來半島東西海岸的小村落，《東海 · 西海》記的就是這時期生活的點滴。全書約七萬字，收〈在高原上的山杜鵑〉、〈夜宿山城〉、〈太平小品〉、〈小記沉香〉、〈鴉背夕陽紅〉、〈星的沉落〉、〈海的驛站〉、〈詩之島〉……等二十篇，大多寫旅途上的景物，或鄉鎮的小人物，幾全是抒情味甚濃的美文，其中有篇與眾不同的〈三人行〉，記的是他和郁達夫、鐵抗、王君實交往的經過，他們都是日佔時期犧牲的作家，對研究者頗有參考價值。

韋暈的散文集《東海·西海》

東海·西海
編號 A 140

著者：韋暈
出版兼發行者：維華出版社
香港英皇道三六六號
印刷者：新華印刷股份公司
香港西營盤荔安里十七號
電話：四二一七五

一九六二年六月初版
定價港幣一元四角

版權所有·翻印必究

《東海·西海》版權

邢光祖的《海》

由邢光祖等人合著的詩集《海》（馬尼拉長城出版社，一九五一），編為「長城叢刊」之二，是馬尼拉日華日報，《長城》文藝副刊的選集，由柯叔寶和施穎洲兩人合編。

三十六開本，八十八頁，書分兩輯，第一輯「詩創作」，收本予、邢光祖、杜若、亞薇、芥子、林立、明德、若海、浪鵬、梅津、許冬橋、荒山和爾藍等十三人的二十四首詩。第二輯是「菲詩鈔」，共收譯詩五首，全由施穎洲翻譯，此中包括了他極之推許的菲律賓十九世紀詩人扶西 · 黎利（Jose Rizal）的〈我的訣別〉。在詩後他寫了短文，介紹了被他稱為「菲律賓民族革命的先知先覺；集文學，藝術，語言，醫學，政治的天才於一身的最偉大的馬來人」（頁七十六）的事蹟，並稱讚〈我的訣別〉是世界上最好的一首詩歌。

掛頭牌的詩人邢光祖（一九一四至一九九三）是江蘇江陰人，畢業於上海光華大學，後於馬尼拉遠東大學得碩士學位，曾任教於國內多間大學，後任《中華日報》總主筆。他很早就寫詩，出過一本《光祖的詩》。編者之一的施穎洲（一九一九至二○一三）是福建晉江人，畢業於國立菲律賓大學，得巴基斯坦自由大學榮譽文學博士，活躍於菲律賓華人文壇，獲獎無數，是當地傑出的學者。

《海》雖然是馬尼拉的出版物，卻在香港印刷，少見！

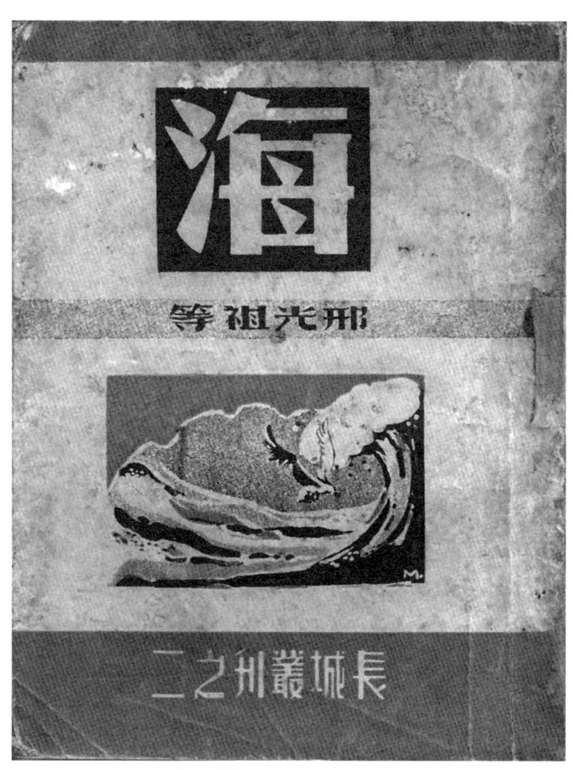

邢光祖等合著的詩集《海》

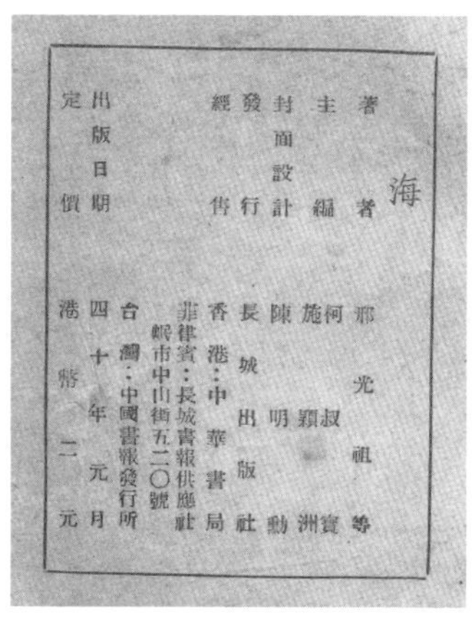

海

著者 邢光祖等
主編 何叔寶 施穎洲
封面設計 陳明勳
發行 長城出版社
經售 香港：中華書局
菲律賓：長城書報供應社 岷市中山街五二〇號
台灣：中國書報發行所
出版日期 四十年元月
定價 港幣二元

《海》的版權

《吉卜賽之歌》

余惕吾的《吉卜賽之歌》（新加坡南洋商報社，一九五一）包含三個故事：〈初戀〉、〈吉卜賽之歌〉和〈孤寂的靈魂〉。

他在後記中說，〈孤寂的靈魂〉是他小時候聽來的故事，寫亞華先生的靈魂在天堂與地獄之間飄盪，兩處均不肯收留他。這顯然是篇欠成熟的哲理小說，有很大的延伸空間，作者把它寫成不足五千字的短篇，是急就章。

余惕吾把書命名《吉卜賽之歌》，是對這篇作品的偏愛。他在小說裏刻劃了音樂家小丁，並透過他與梅娜的愛戀，作為追求「烏托邦」的橋樑。他創作歌劇〈吉卜賽之歌〉讓她演出，本來是天作之合的一段愛情，卻因為世人的無知及「藝術值多少錢一斤」的市儈敲碎了，他丟下她，繼續人生未知的流浪……

三個小說中，我比較喜歡用第一人稱寫成的〈初戀〉。故事發生於一九四〇年代的上海，寫醫科學生吉士和白俄少女瑪莎的戀愛悲劇。他在後記中曾強調小說中的「我」不是他自己，而是個和他年齡、背景和經歷相似的人。這是「此地無銀」的獨白！

我對余惕吾所知有限，只知道他一九五〇年代是新加坡《南方晚報》的作者，而他書中的三篇小說，曾分別刊於《星期六週刊》、《南方晚報》和《南洋月報》中，應該是位頗受歡迎的作者，不知還有些甚麼創作？

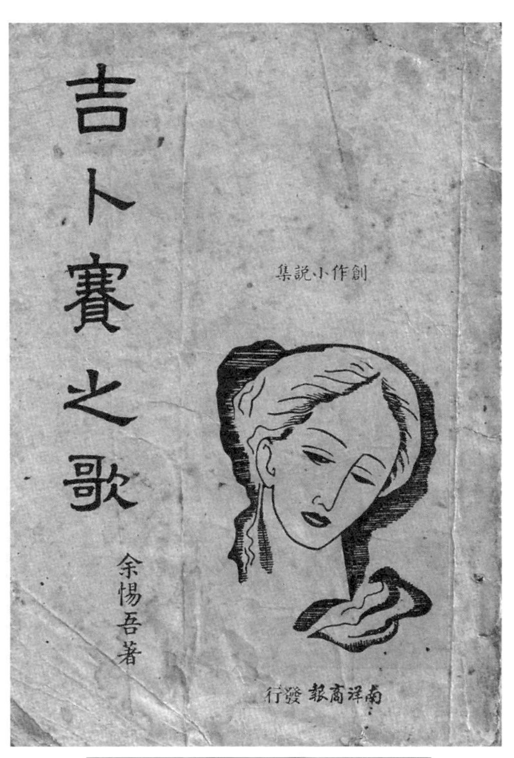

吉卜賽之歌
創作小說集
余惕吾著
南洋商報發行

余惕吾的小說集《吉卜賽之歌》

吉卜賽之歌

著者：余惕吾
督印：龔延齡
發行：南洋商報社
出版：南洋印刷社
價目：叻幣八角
一九五一・十二・十八日・

版權

《「僑領」正傳》

《「僑領」正傳》（香港上海書局，一九七三）的作者胡圖，又叫陳瓊，是泰國報人吳繼岳的筆名。他在曼谷的報界工作多年後，接近退休時才開始創作，多寫散文及短篇小說，《「僑領」正傳》是他的首部長篇，近十五萬字的小說，一九六〇年代中連載於《曼谷新聞週報》。故事以章回體筆法寫潮州人錢英才，從一九四〇年代至六〇年代的「掙扎」，記述他從潮州鄉間小人物到成為曼谷僑領，又從成功跌至谷底的經過。最後他只剩下三條路可行：一是宣告破產、二是「走路」、三是自殺。這是投機者的典型終結。全篇語帶幽默、嘲諷，很明顯是仿效《阿Q正傳》而作的，但這位「僑領」卻有其本身的特別意義。

《「僑領」正傳》在曼谷連載時，是叫《僑領半正傳》的，這個「半」字是沒有下面那條尾的，可惜我的電腦並無此字，只能以「半」字代替，可幸意思還很接近。我請教過潮州朋友，那個沒有尾的「半」字，潮語讀音類似「隙」，廣府音是「缺」，指某人只有一半才能之意。那麼，「僑領半」即是半個僑領，亦即是香港口語「未夠班」的。

胡圖寫《僑領半正傳》的心意，從這個「半」字表露無遺，亦可見其心思之細密。寫小說，用方言及口語一般多受歡迎及傳神，但外地人讀來，就有點隔閡了。

胡圖的《「僑領」正傳》

「僑領」正傳

胡圖著

上海書局有限公司印行

香港德輔道西345號六樓A座

SHANGHAI BOOK CO., LTD.

Block 'A' 5th Fl. 345 Des Voeux Rd. W., H. K.

嶺南印刷公司承印

香港西環西安里十三號

一九七四年十二月再版 文/876 總/1761 32K.

版權所有・翻印必究

《「僑領」正傳》版權

溫任平彈的《無弦琴》

溫任平（一九四四出生）是馬來西亞的華裔學人，擅長散文及新詩創作。一九五〇年代末受力匡詩集的影響開始詩創作，他覺得自己初期的詩「是抒情的，帶點微微傷感的調子，形式整齊近乎格律化」，後來受瘂弦與余光中的影響而趨向現代主義。他一九七二年創立天狼星詩社，全力推動馬來西亞現代詩創作，出版詩集《流放是一種傷》、《眾生的神》，詩論《精緻的鼎》等。

《無弦琴》（馬來西亞駱駝出版社，一九七〇）是溫任平的第一本詩集，全書收創作四十八首，主要在抒發詩人內心的抑鬱和苦悶，〈無弦琴〉一首應是此中代表：

沾滿灰塵的陳舊 無弦琴

有一闋無聲的哀曲……

多麼深沉的喟息、抑鬱

呵，我的歌哀感而愁傷

我的心是那無弦琴

那是年輕詩人溫任平的哀痛，也是他淌血的琴音。一九六〇

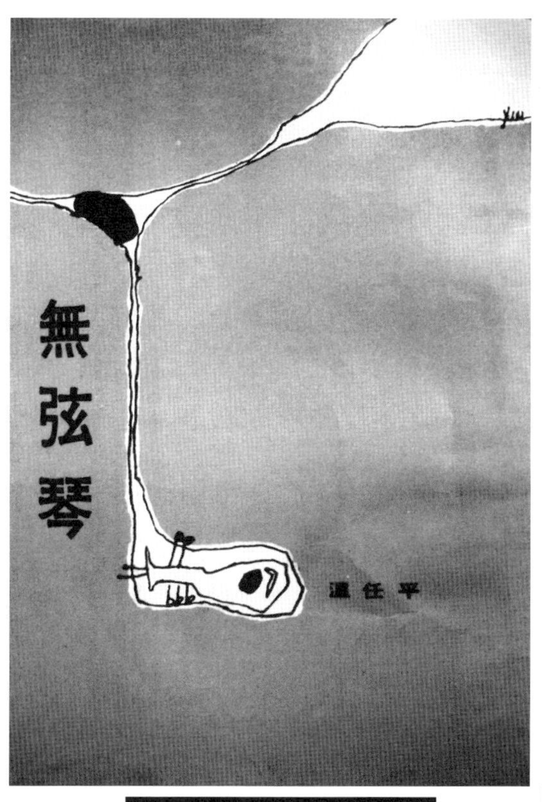

溫任平彈的《無弦琴》書影

扉頁

年代，溫任平常向香港的報刊投稿，我依稀記得在《中國學生周報》及《當代文藝》上都讀過他的詩作。我的這冊《無弦琴》，是詩人送給小說家徐速的，扉頁有親筆留言：

這本書只有一個意義

它記下了一株幼苗為了成長

而掙扎底歷程

願意把它呈獻給你

想不到四十多年後此書竟流浪到地球另一邊的洛城讓我撿到！

維建學長雅正：

這本書只有一個意義：

它記下了一株幼苗為了成長

而掙扎底歷程。

願意把它呈獻給您。

化平

71.3.30.

手迹

雲端的詩鶴西去

十月和十一月的《香港文學》都有悼念雲鶴（一九四二至二〇一二）的詩和文，原來他已於今年八月去世，據說是急逝，文章卻沒有說清楚辭世的詳情，撰文者大概都不是他身邊的人。

我知道出生及成長於馬尼拉的華裔詩人雲鶴，是十六、七歲初學寫作時的黃毛小子，他的《盜虹的人》（菲律賓以同出版社，一九六一）曾經是我最喜愛的詩集，他創作的路向也深深地感染過我。可惜一直沒機會見面，直到二〇〇四年，雲鶴過港，我才從路雅那兒認識他，知道他近年以攝影藝術代替了繆斯，寫詩不多了。

他還在扉頁題辭贈我一冊《雲鶴的詩 100 首》（菲律賓華裔青年聯合會，二〇〇三），書分三輯，首兩輯以「一九五八至一九六三」及「一九八〇至一九九五」的年份劃分，紀錄了他「從抒情、唯美到現代詩技巧的實驗……在繁複的技巧中，表現了人生深刻的一面」，展示了他多年來不停轉變的詩風，第三輯則是幾首他詩作的英譯版。這一百首詩是從他歷年出版的幾本詩集中精挑的選集，也是他詩生命的精髓！

我曾把發表於《詩網絡》的隨筆〈《盜虹的人》—— 雲鶴〉，和與他有關的〈容易被忽略的《中國現代詩選》〉送給他，他很高興，還把它在菲律賓《世界日報》文藝副刊上重刊。

沒與雲鶴連繫幾年，想不到雲端的詩鶴竟然匆匆西去……

100 Poems by James T.C. Na
云鹤的诗 100首
KAISA PARA SA KAUNLARAN INC.

《雲鶴的詩 100 首》
書影

雲鶴手迹

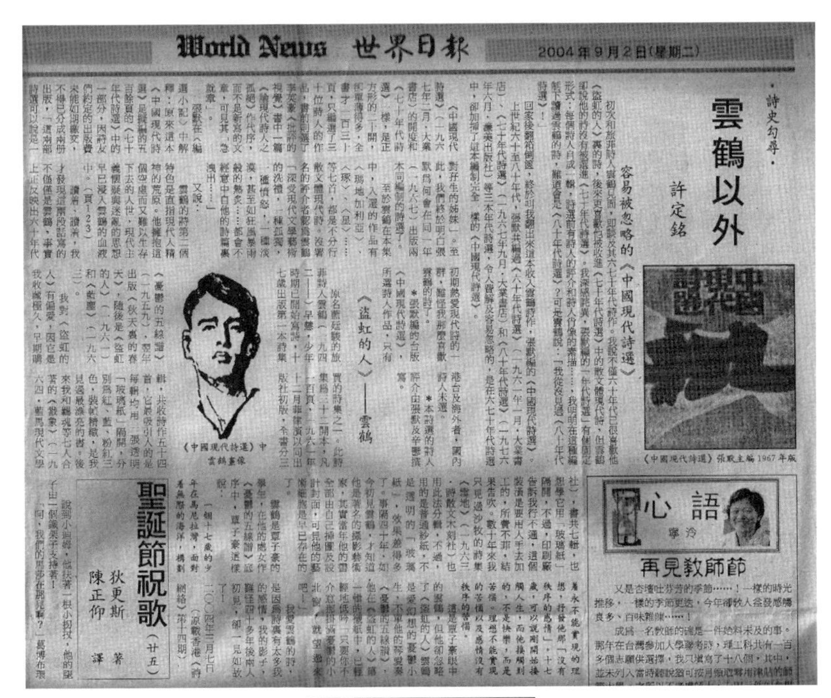

World News 世界日報 2004年9月2日(星期二)

·詩史勾尋·

雲鶴以外

許定銘

容易被忽略的《中國現代詩選》

初次和旅菲詩人雲鶴見面，即談及其六七十年代詩作。我說不僅六十年代已很喜歡他《盜虹的人》裏的詩，後來更喜歡他被收進《七十年代詩選》中的散文體現代詩，但雲鶴卻說他的詩沒有被選進《七十年代詩選》。我深感詫異，張默編的「年代詩選」有個固定形式：每個詩人自成一輯，詩選前有詩人的評介和詩人肖像的素描……，我明明在這種編制下讀過雲鶴的詩，難道會是《八十年代詩選》？可是雲鶴說：「我從沒見過《八十年代詩選》！」

回家後翻箱倒匱，終於叫我翻出來這本收入雲鶴詩作，張默編的《中國現代詩選》。上世紀六十至八十年代，張默共編過《六十年代詩選》（一九六一年一月，大業書店）、《七十年代詩選》（一九六七年九月，大業書店）和《八十年代詩選》（一九七六年六月，濂美出版社）等三本年代詩選，令人費解及容易忽略的，是在六七十年代詩選中，卻加插了這本編制完全一樣的《中國現代詩選》。

《中國現代詩選》張默主編 1967 年版

《中國現代詩選》中雲鶴畫像

《盜虹的人》——雲鶴

心語

寧泠

再見教師節

聖誕節祝歌（廿五）

狄更斯 著
陳正仰 譯

菲律賓《世界日報》

他盜虹去了

出生及成長於馬尼拉，祖籍福建的詩人雲鶴（一九四二至二〇一二）原名藍廷駿，很小的時候已在父親主編的《新潮》副刊上發表詩創作，十七歲出版詩集《憂鬱的五線譜》（菲律賓以同出版社，一九五九），然後是《秋天裏的春天》（一九六〇）、《盜虹的人》（一九六一）、《藍塵》（一九六三）⋯⋯。

他雖然生活於馬尼拉，詩作及聲名卻遠達南洋、臺灣和香港各地，曾加入臺灣「中國詩人聯誼會」、《創世紀》詩刊編委、香港現代文學美術協會⋯⋯，十分活躍。

我初學寫作時，很喜歡他的《盜虹的人》，最吸引我的是全書三輯均用一張透明「玻璃紙」隔開，分別為紅、藍、粉紅三色，裝幀精緻，是我見過最漂亮的書。後來我和羈魂等七人合著的《戮象》（香港藍馬現代文學社，一九六四），書共七輯，也想學它用「玻璃紙」隔開。不過，印刷廠告訴我行不通，這個裝潢是要用人手去加工的，所費不菲，結果告吹。雲鶴早年對我影響甚深，我在《戮象》個人專輯「灰色的前額」中，有一篇〈塑像〉，就以他的詩句作引子來剖白當年內心的鬱結。

雲鶴寫詩，喜歡把美好崇高的意象都稱之為「虹」，對於愛戀、伊甸園，也以「虹」作為最終的歸宿。他是個追虹、採虹、盜虹、埋虹⋯⋯的人，如今是無可奈何，匆匆的盜虹去了！

雲鶴早年的詩集《盜虹的人》

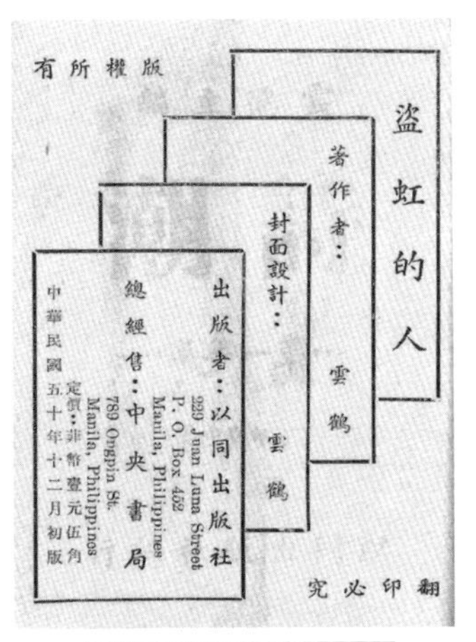
版權所有

盜虹的人

著作者：雲鶴

封面設計：雲鶴

出版者：以同出版社
229 Juan Luna Street
P. O. Box 452
Manila, Philippines

總經售：中央書局
789 Ongpin St.
Manila, Philippines

定價：菲幣壹元伍角

中華民國五十年十二月初版

翻印必究

《盜虹的人》版權頁

雲鶴肖像

滾滾浪花顯親情

蘇州九如巷張家四姊妹：元和（一九〇七至二〇〇三）、允和（一九〇九至二〇〇二）、兆和（一九一〇至二〇〇三）與充和（一九一四至二〇一五）被稱為才女及「最後的閨秀」，她們在各自的領域都有卓越的成就，近年為文壇上津津樂道的，是她們的家庭刊物《水》。

張家是個有十兄弟姊妹、聲名顯赫的大家族，《水》是允和在一九三〇年創辦的家庭刊物，它刊載的主要是家庭成員的文章，以詩詞、隨筆、書信為主的月刊，共出二十五期，後因姐妹兄弟們先後離家求學、工作流散各地而停刊。

近七十年後的一九九六年，八十六歲的張允和（周有光妻）與三妹張兆和（沈從文妻），合力復刊了《水》，由初期的印二十五份發展到三百份，成為甚受重視的刊物。范用稱之為「本世紀一大奇迹」。《水》的印量甚少，不容易見到，於是允和及兆和姊妹着手編了這本《水》的選集《浪花集》（北京新世界出版社，二〇〇五），可惜的是，此書面世之時，兩位編者都已過世；而她們四姊妹連同夫婿八人中，只剩下一〇三歲的周有光和九十五歲的張充和了！

《浪花集》有十五萬字，幾十篇文章均選自前後期的《水》，雖然寫的都是家庭中的瑣事，是一個家族的生命歷程，卻也從側面反映了中國大家族的面影！

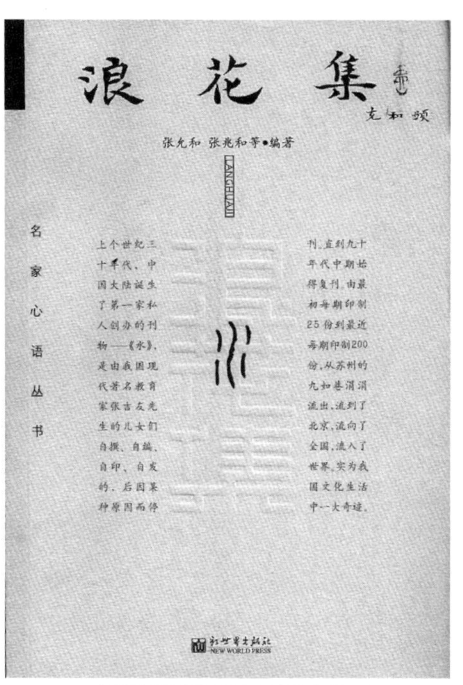
浪花集
允和题
张允和 张兆和等●编著
LANGHUAJI
名家心语丛书
上个世纪三十年代、中国大陆诞生了第一家私人创办的刊物——《水》，是由我国现代著名教育家张吉友先生的儿女们自撰、自编、自印、自发的，后因某种原因而停刊，直到九十年代中期始得复刊，由最初每期印制25份到最近每期印制200份，从苏州的九如巷涓涓流出，流到了北京，流向了全国，流入了世界，实为我国文化生活中一大奇迹。
新世界出版社
NEW WORLD PRESS

家庭刊物《水》的選集

张允和 张兆和等 编著

張家四姊妹

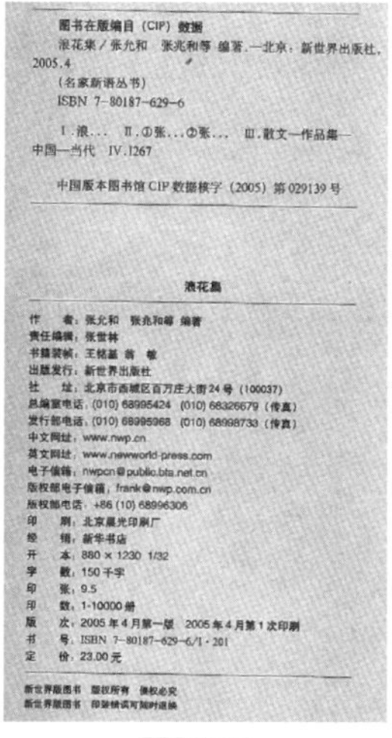
图书在版编目（CIP）数据

浪花集／张允和　张兆和等 编著.—北京：新世界出版社，2005.4

（名家新语丛书）

ISBN 7-80187-629-6

Ⅰ.浪…　Ⅱ.①张…②张…　Ⅲ.散文—作品集—中国—当代　Ⅳ.I267

中国版本图书馆 CIP 数据核字（2005）第 029139 号

浪花集

作　　者：张允和　张兆和等 编著
责任编辑：张世林
书籍装帧：王铭基　翁　敏
出版发行：新世界出版社
社　　址：北京市西城区百万庄大街24号（100037）
总编室电话：(010) 68995424　(010) 68326679（传真）
发行部电话：(010) 68995968　(010) 68998733（传真）
中文网址：www.nwp.cn
英文网址：www.newworld-press.com
电子信箱：nwpcn@public.bta.net.cn
版权部电子信箱：frank@nwp.com.cn
版权部电话：+86 (10) 68996306
印　　刷：北京晨光印刷厂
经　　销：新华书店
开　　本：880 × 1230　1/32
字　　数：150千字
印　　张：9.5
印　　数：1-10000册
版　　次：2005年4月第一版　2005年4月第1次印刷
书　　号：ISBN 7-80187-629-6/I・201
定　　价：23.00元

版權頁

《合肥四姊妹》

和九如巷張家四姊妹有關的書近年出了不少，常見的即有《最後的閨秀》、《張家舊事》和《多情人不老》；而《水》的選集也有《浪花集》和《〈水〉——張家十姐弟的故事》，都是內地出版的，但現在大家見到的這本《合肥四姊妹》，則是臺北時報出版社在二〇〇五年初版的。

《合肥四姊妹》的作者金安平一九五〇年在臺灣出生，美國哥倫比亞大學東亞研究所博士，現任教於耶魯大學歷史系。因她的丈夫曾受業於傅漢思、張充和夫婦，與充和深交，受她淵博的學識及大家閨秀風度的吸引，決意探求充和的求學過程。豈料訪問開展後，金安平對原籍合肥的張氏家族及四姊妹產生了濃厚的興趣，她親赴合肥和蘇州，了解當地的風俗民情，接觸了四姊妹，收集了多方面的資料，在二〇〇一年完成了英文版的《合肥四姊妹》，其後由鄭至慧譯成中文版。

中文版《合肥四姊妹》約二十萬字，全書分十章寫張氏家族的家史，由一九〇六年，四姊妹的父母張武齡及陸英成親寫起，前半部寫張家的重要人物，及祖輩平定太平軍亂的顯赫家史，寫張武齡讓兒女自由戀愛、熱心教育、尊重女性辦女子教育的開明思想；後半都則全放在四姊妹的學習及奮鬥歷程上。此書表面上是一部家史，事實上寫了中國過去一百年的文化和社會故事。

金安平的《合肥四姊妹》

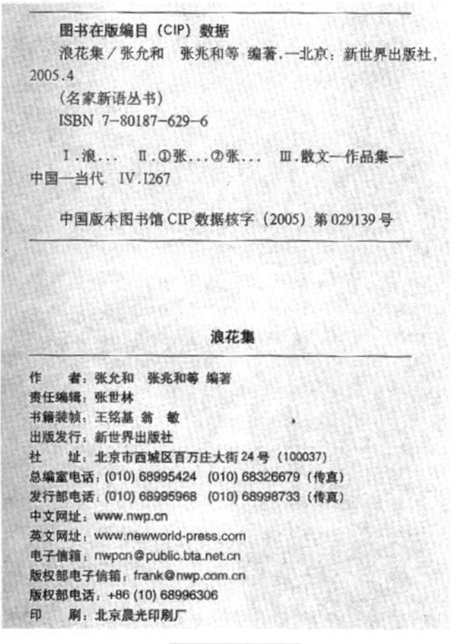

图书在版编目（CIP）数据

浪花集／张允和　张兆和等 编著.—北京：新世界出版社，2005.4

（名家新语丛书）

ISBN 7-80187-629-6

Ⅰ.浪…　Ⅱ.①张…②张…　Ⅲ.散文—作品集—中国—当代　Ⅳ.I267

中国版本图书馆 CIP 数据核字（2005）第 029139 号

浪花集

作　　者：张允和　张兆和等 编著
责任编辑：张世林
书籍装帧：王铭基 翁　敏
出版发行：新世界出版社
社　　址：北京市西城区百万庄大街 24 号（100037）
总编室电话：(010) 68995424　(010) 68326679（传真）
发行部电话：(010) 68995968　(010) 68998733（传真）
中文网址：www.nwp.cn
英文网址：www.newworld-press.com
电子信箱：nwpcn@public.bta.net.cn
版权部电子信箱：frank@nwp.com.cn
版权部电话：+86 (10) 68996306
印　　刷：北京晨光印刷厂

版權頁

允和口述舊事

《張家舊事》寫的雖然也是九如巷張家的事，但重點和日前介紹的頗不同：《合肥四姊妹》寫的是家史，《浪花集》是《水》的選集；而《張家舊事》則是由張允和口述，葉稚珊執筆，以張允和作主角，寫她的傳記。張允和是《水》的主編，四姊妹的靈魂人物，讀她的一生，就等於了解《水》、了解張家。

《張家舊事》（濟南山東畫報出版社，一九九九）有七萬多字，以十多篇散文及若干姊弟妹的附錄組成。一九九〇年代中，記者葉稚珊訪問張允和，知道家族刊物《水》並公開推介，讓世人知道有這樣一份難得的刊物。其後與張允和來往頻密，每日花數小時與張先生談話，聽先生「半精（京）半肥（合肥）」的安徽腔，娓娓地敘述一段段上世紀的故事，然後把訪問所得，加上四姊妹自己所撰的文章，編成《張家舊事》出版。此書所述包括她的家世、成長及學習經歷、戀愛婚姻、逃避戰亂、環遊世界、組織曲藝社……一直寫到一九九〇年代止，除了能看允和畢生的歷程，還能看到同時代人的經歷。最難得的是除了文章，還有大量圖片，圖文並茂，很有吸引力。

筆錄本書的葉稚珊是徐城北夫人，夫婦倆馳騁文壇，像城北先生的父母徐盈、子岡一樣，一家兩代四口都是名作家、記者，十分難得，文壇佳話也！

允和口述的《張家舊事》

《最後的閨秀》書影

愛「看」書的范用

退休前任北京三聯書店總經理的范用（一九二三至二〇一〇），是個愛「看」書的專家。他一九三八年加入讀書生活出版社當練習生時，主要的任務就是聯絡設計家跑封面，接觸多了內心生喜，就心癢癢的拿起筆來試畫。沒想到大受歡迎，便以筆名「葉雨」當起封面設計家來，一畫數十年，佳作甚多，巴金的《隨想錄》、夏衍的《懶尋舊夢錄》、楊絳的《幹校六記》、葉靈鳳的《讀書隨筆》、趙家璧的《編輯憶舊》等均出自他的手筆。

范用除了以書籍的封面視為「第一享受」外，他還愛看書的廣告。退休後，為了享受人生，他再一次投到熱愛的領域裏，編了《愛看書的廣告》（北京三聯書店，二〇〇四）和《葉雨書衣》（北京三聯書店，二〇〇七）兩本書。

《葉雨書衣》是范用封面設計的自選集，他從過去設計生涯中精選六七十種滿意的作品，加上說明和彩色精印，使同樣愛看封面的我如癡如醉，愛不釋手！《愛看書的廣告》更精采，書分「廣告文字」、「廣告式樣」和「書籍廣告談」三輯。以前書報上的廣告，多由編輯撰稿，本書所輯出自魯迅、葉聖陶、巴金、胡風、老舍……等大家，可視為「廣告文學」；《書籍廣告談》則輯錄了趙家璧、葉至善、姜德明等有關廣告的散文；《廣告式樣》是舊廣告的式樣，簡直像板畫。

一書「三味」，大超值！

范用的《愛看書的廣告》

《葉雨書衣》

讀書的「第一享受」

一本書放在架上，單憑薄薄的書脊，蠅頭似的書名和作者名字，是難以吸引讀者的。此所以被推廣的書，總會一整疊的擺放展枱上，以優美的書影去惹人注目。書籍設計家、作家范用說，欣賞書籍的封面設計是讀書的「第一享受」。我也是很欣賞這種第一享受的，買書有時就為了看圖。

一九六〇年代內地出版的文藝書很注重封面設計，給我印象深刻的，有精裝本楊朔的《生命泉》、聞捷和袁鷹的《非洲的火炬》、嚴陣的《竹矛》和這本田間的《非洲遊記》。

《非洲遊記》（北京作家出版社，一九六四）是小三十二開本（十一點五乘十六厘米），薄薄的小冊子，構圖以誇張的幾株熱帶植物為主，大海和人物為次，配以藍黃黑三色，調和而使人初見即印象深刻。田間（一九一六至一九八五）是抗戰時期冒起的「鼓手詩人」，詩歌句子甚短，讀起來鏗鏘有力，似可退敵的戰鼓。在網上初見《非洲遊記》時，原以為是冊散文，買回來一看卻原來仍是詩。

一九六〇年代初，中國作家訪問團有非洲之旅，回來後大多出了書，在《非洲遊記》中，田間以〈海燕行〉、〈寄非洲的詩人〉、〈火把〉、〈月和船〉、〈金字塔〉、〈淚聲和鼓聲〉……等四十多首詩記敍了他的非洲之行，詩句保留了他一貫的作風：淺白、明確、節奏急劇，似吹起的號角！

看封面是讀書的「第一享受」

袁鷹的《非洲的火炬》

最完善的工具書

研究中國現代文學，除了原版書難找外，最大的困難是作家資料的搜集。過去一個世紀，中國人生活在烽火的年代裏，書籍和資料散佚甚巨，很多還未成名的作家多不為人所知；幸好到一九八〇年代，關心中國現代文學的有識之士，開始搜集新文學作家的資料，編印了大批《中國現代作家作品研究資料叢書》和《中國當代文學研究資料》，我們這批「現代文學發燒友」才有所憑據，才能從發掘和研究中認清中國現代文學作家的真面目。

這些被稱為「研究資料」或「專集」的書籍，大多是厚厚的，由二十多所高等院校的專家聯合編輯，內容包括圖片、作家生平、創作經驗，以及對作家、作品的評介和年表等組成，大名家每人佔一至三冊不等，較少人研究的冷門作家，資料較少，可能兩個人才合成一冊。不論如何，都是資料翔實可靠，內容充實，是個人研究鎖定作家最完善的工具書，此所以我是見一本買一本的。不過，這些書大抵商業價值不高，印量甚少，像如今大家見到的這本《草明、葛琴研究資料》（北京十月文藝出版社，一九九一），才印八五〇本；我另有一冊《羅淑、羅洪研究資料》（北京十月文藝出版社，一九九〇），印量更少，僅七六〇本。

中國的圖書館數以千計，加上研究人員，總有好幾千人，幾百本書怎樣分配？

最完善的工具書：
研究資料集

《吳祖光研究專集》

作家的紀念集

一九八〇年代開始編印的《中國現代作家作品研究資料叢書》和《中國當代文學研究資料》，內容雖然相當不錯，但圖片卻往往因印刷技術欠佳而不夠清晰，同時因為是純學術性書籍，編排死板，欠缺靈活度，我總覺得它們太「冷」、太「硬」、太嚴肅了，讀起來枯燥無味；但近年這些研究資料專集已轉變了形式，以《作家紀念集》面世。上海魯迅紀念館自一九九八年起，編輯《作家紀念集》，至二〇〇五年，已出了趙家璧、許廣平、吳朗西、曹聚仁、樓適夷……等九種，內容一如前面所述的「現當代」兩套叢書，但圖片則更見清晰，封面設計也漂亮得多。不過，印量還是停留在一千冊左右，不易買到。

近年作家仙遊後，由他們的學生或後人編的紀念集則更見精彩，如《卞之琳紀念文集》（江蘇海門市政協文史資料，二〇〇二）和《辛笛記憶》（寧夏人民出版社，二〇〇六）可作代表：《卞之琳紀念文集》列為海門文史資料第十八輯，張松主編，十六開本，二十六萬字，收紀念文章九十餘篇，珍貴圖片特多，難能可貴！《辛笛記憶》由辛笛女兒王聖思編輯，也是十六開本，五十萬字，比前者份量更重。

卞之琳（一九一〇至二〇〇〇）和王辛笛（一九一二至二〇〇四）同為現代傑出的詩人，這兩本紀念集是了解詩人最好的書。

《卞之琳紀念文集》

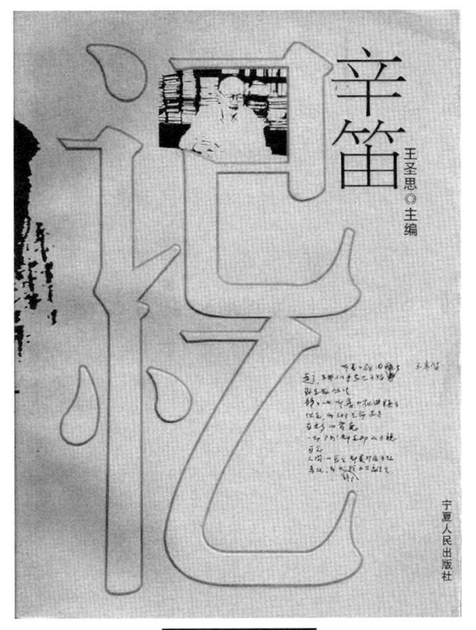

《辛笛記憶》

《民間書聲》

「民間雜誌」是近年內地流行的一些特別的報刊，如：《開卷》（南京）、《書友》（湖北十堰）、《芳草地》（北京）、《博古》（上海）、《崇文》（武漢）……。所謂「民間雜誌」，即不是由出版社所編的正式雜誌，大多由書店組織出版，目的為推廣及研究，不能出售，只可免費贈閱。

這些民間讀書報有「聯盟」的組織，二〇〇四年由《書友》組織的「民間讀書報刊討論會」後，出版了一本《民間書聲》。

《民間書聲》為十八開本，二五四頁，二〇〇四年十二月初版，僅印五百冊，其中一百冊還特定為毛邊本，十分珍貴。此書是數十種民間報刊的選集，先由各報刊從自家已出版的刊物中，遴選出文章若干篇，再交《書友》工作室編印，全書收文八十七篇，網羅國內的名家作品。拙著〈彭燕郊的《第一次愛》〉及老詩人的「附言」有幸也收在內。

龔明德為本書寫序〈書聲琅琅 · 源於民間〉，說《民間書聲》集合了國內四方八面老中青書話家的作品，這些「激情四射的散說隨寫，都是讓人留戀忘返的燦爛文字天地」，是本十分耐讀的好書。

希望「聯盟」能站得更穩，為讀書界貢獻更大！

《民間書聲》書影

(初办时有4期为电脑制作或集古人手迹,从略)

《書友》的各種報頭

朝陽的《芳草地》

近年內地的民辦讀書報刊愈來愈多：《書友》、《書香》、《書脉》、《書簡》、《崇文》、《書人》……，一口氣數不完；歷史最悠久，名氣最大的當數南京鳳凰臺飯店由二〇〇〇年創辦的《開卷》，他們不僅出雜誌，還出版叢刊，是這些報刊的「龍頭大哥」。

其實，由北京朝陽文化館出版的《芳草地》，歷史也很長遠，水平也相當高。我從二〇〇三年新版《芳草地》第一期的〈發刊詞〉中知道，原來早在一九七九年，朝陽區已出版了報型的《芳草地》，專為業餘作家提供發表園地，只出了四五十期就停刊了。今次復刊改成略近方型的三十二開（十四點五乘十八厘米）書型本，初期是「騎馬釘」約八十頁的小冊子，後來則改成約百多頁平釘的小書，更像本書，更可愛了。

改版後的《芳草地》由譚宗遠主編，已不限於刊登業餘作家的作品，北京的名家，甚至全國各地的愛書人也有供稿。我印象最深刻的是袁鷹在這兒寫了《小莊閑話》的一組散文多篇，姜德明也寫了《新文學版本叢談》一系列文章，連刊多期。其他在這裏寫文章的還有：龔明德、陳漱渝、韓石山、謝其章……等人。

我手上的十多本《芳草地》甚至有毛邊本，可惜都是二〇〇六及以前的，不知現在還是否繼續出版？

全国第三届民办读书报刊研讨会特刊

芳草地

2005.12

《芳草地》

北京朝陽區的《芳草地》

《草鞋腳》事件

一九三四年，魯迅和茅盾為當時任職《大美晚報》和《大陸報》記者的美國人伊羅生（Harold R. Isaacs），編了本「現代中國短篇小說選」《草鞋腳》，收錄了中國新文學運動頭十五年出現的作家：魯迅、茅盾、丁玲、張天翼、巴金……等十多人的小說二十餘篇；魯迅還寫了序，茅盾也編好了《中國左翼文藝定期刊》的編目及作家簡介，讓他譯成英文本。可是，此書一直沒有出版。直到四十年後的一九七四，伊羅生卻根據原編目大刀闊斧修訂，由麻省理工學院出版了他自己編譯的《草鞋腳》英文本。

由於英文本《草鞋腳》與原來由魯迅和茅盾編選的已面目全非，中國學人蔡清富徵得茅盾的同意，在一九八〇年着手整理原版本的《草鞋腳》。他選取了最早的《草鞋腳》目錄，再參照魯迅與伊羅生討論選材時的書信，重新整理出如今大家見到的，這本由二十多名作家共三十篇短篇，凡四十五萬字的《草鞋腳》（湖南人民出版社，一九八一），還附了《草鞋腳》編目的通信，出版前後的史實均有詳盡的紀錄。

由蔡清富整理的這本《草鞋腳》，原本是為魯迅誕生一百年而出版的，到出版時，茅盾剛好因病逝世，他為本書所寫的代序〈關於《草鞋腳》〉，也就成了他最後的序言，而這本《草鞋腳》，也順理成章變成了兩位文學巨匠的紀念品！

现代中国短篇小说选

草鞋脚

鲁迅 茅盾 选编

《草鞋脚》書影

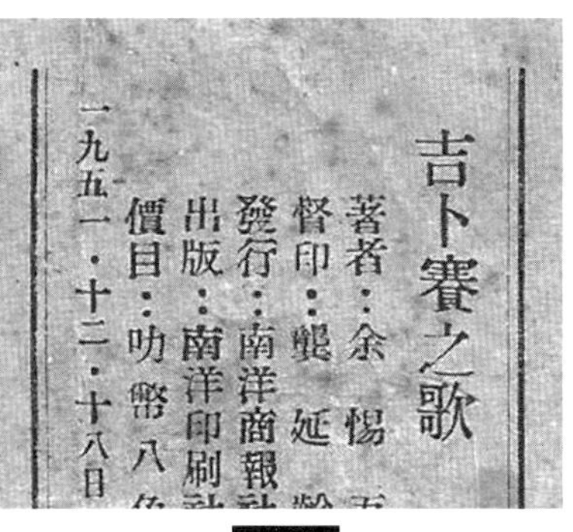

吉卜賽之歌

著者：余 惕

督印：龔 延

發行：南洋商報社

出版：南洋印刷社

價目：叻幣八

一九五一・十二・十八日

版權

百歲華誕文集

如今大家見到的這本《慶祝施蟄存教授百歲華誕文集》（上海古籍出版社，二〇〇三），是華東師範大學中文系為慶祝施蟄存一百歲即將來臨而編的文集，精裝十六開本，四六一頁，凡六十八萬字，連賀辭、小傳及年表計算在內，收專文超過六十篇。

施蟄存（一九〇五至二〇〇三）是浙江杭州人，他十七歲已向報刊投稿，集作家、編輯、學者、教師於一身，終身與文學打交道，編輯生涯中，最重要的是一九三二年起，任文學月刊《現代》的主編；教育事業中最大的成就是在華東師範大學任教數十年，一九九七年獲師大頒「終身成就獎」。

施蟄存一生開了四個窗口：東窗是文學創作，南窗是古典文學研究，西窗是外國文學翻譯和研究，北窗是石金碑版之學，著作等身，成就蜚聲國際。這本慶祝文集所收文章，來自世界各地，內容所述多為這四個範疇，是本水平甚高的學術著作。

細算之下，施蟄存只活了九十八歲，可幸他在此文集出版後一個月才過世，總算能親睹此書面世。其實有多少名作家能像章克標（一九〇〇至二〇〇七）、蘇雪林（一八九七至一九九九）和巴金（一九〇四至二〇〇五）般活到過百歲？我覺得人活到九十已難能可貴，很應該為那些有成就的作家、學者，出本慶祝文集，總好過在他們身後出本他們見不到的紀念文集！

施蛰存教授在愚园路寓所（1993）

施蟄存（一九九三）

庆祝施蛰存教授百岁华诞文集

华东师范大学中文系　编

上海古籍出版社出版、发行

（上海瑞金二路 272 号　邮政编码 200020）

（1）网址：www. guji. com. cn

（2）E－mail: gujil@guji. com. cn

新华书店上海发行所发行经销　上海古籍印刷厂印刷

开本 787×1092　1/16　印张 29.5　插页 10　字数 680,000

2003 年 10 月第 1 版　2003 年 10 月第 1 次印刷

ISBN 7－5325－3578－9

I·1664　定价:80.00 元

如有质量问题，请与承印厂联系 64063949

百歲華誕文集版權

施蟄存的百歲華誕文集

紀念文集——《別》

我時常都覺得：為終生筆耕、作學術研究的作者和學人編一本紀念集，是件很有意義的事。「文章千古事」，過文字生涯的作家、學者，一定不甘心他們的創作、研究，隨着生命的逝去而湮滅，他們會希望自己的成果能在文學史上留下足跡，讓後來者有所憑依，可以發揚光大，為文學發展盡一點力。

前此時收到南京學者吳心海寄來《別——紀念詩人學者吳奔星》（南京師範大學，二〇〇五），六百多頁厚厚的巨著，還是僅印一千冊的毛邊本，非常珍貴！

吳奔星（一九一三至二〇〇四）一九三七年畢業於北平師範大學，早在學生時代已開始寫詩，多年來創作不輟，又在多間大學裏任教，套句他自己的話：「寫了七十年，教了六十年」。吳奔星是株長青樹，不僅老而彌堅，而且桃李滿天下。此所以這本凡五十多萬字的紀念集《別》，收文近二百篇，有學者對吳奔星作品的研究，有朋友及學生對他的懷念，有來自世界各地的信件，有自各地電來的弔唁⋯⋯。我認為最有價值的，是他幼子吳心海編的〈吳奔星先生年表〉，年表是紀念集最重要的資料，由兒子編寫，其可靠性達百分百。

書名《別》，取自吳老的同名詩作，詩中表達出詩人思想的豁達，對死亡全不畏懼，他把笑容留在夕陽裏，把慈祥的目光望向人間，把歡樂的影子留在朋友中⋯⋯。

吴奔星的纪念文集——《别》

图书在版编目（CIP）数据
别 —— 纪念诗人学者吴奔星 / 吴心海编著. – 南京：南京师范大学出版社，2005.3
ISBN 7–81101–188–3

I.别… II.吴… III.吴奔星（1913 ~ 2004）—纪念文集
IV.K825.6–53
中国版本图书馆 CIP 数据核字（2005）第 022550 号

书　　名　别 —— 纪念诗人学者吴奔星
编 著 者　吴心海
责任编辑　高朝俊
出版发行　南京师范大学出版社
地　　址　江苏省南京市宁海路 122 号（邮政编码：210097）
电　　话　（025）83598077(传真)　85568412（营销部）
　　　　　83598297（邮购部）
网　　址　http://press.njnu.edu.cn
E – mail　nnunipres@public1.ptt.js.cn
印　　刷　南京爱德印刷有限公司
开　　本　880X1230　1/32
印　　张　20
插　　页　16
字　　数　538 千
版　　次　2005 年 4 月第 1 版　2005 年 4 月第 1 次印刷
印　　数　1—1 000 册
书　　号　ISBN　7–81101–188–3/Z·12
定　　价　48.00 元

南京师大版图书若有印装问题请与销售商调换
版权所有　侵犯必究

《别》的版權

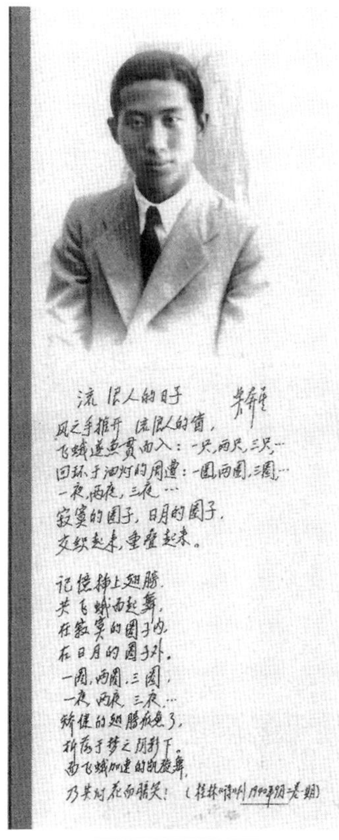

吴奔星及手迹

谷林《答客問》

讀報知道谷林老人（一九一九至二〇〇九）年初騎鶴西去了，有點可惜。雖說人到了九十高齡，生命之火隨時熄滅，但，到底還是思路清晰，能讀能寫的老人家，突然離去，總會為識者帶來多少傷感。

谷林原名勞祖德，是近二十年馳騁於內地讀書界的書話高手，他原本從事會計工作，一九七五年調至中國歷史博物館參加歷史文獻的整理工作，點校完成了二百三十萬字的《鄭孝胥日記》（中華書局，一九九三），出版了《情趣 · 知識 · 襟懷》（北京三聯書店，一九八八）、《書邊雜寫》（遼寧教育，一九九五）、《答客問》（北京東方出版社，二〇〇四）和《淡墨痕》（長沙岳麓書社，二〇〇五）。此中《答客問》最為有趣，由內蒙古電視臺記者、作家張阿泉發問四十五條，由谷林作答，止庵編輯，三人合作的這本二百多頁的書，其實是谷林自傳的另一種寫法，透過此書，我們可以讀到近七十年來一個愛書人的生命歷程。

去年中，拙著《愛書人手記》出版，我給素不相識的谷林寄去一冊。不久即收到字體端正秀麗、長長兩頁的老人來信，說他手持放大鏡，花了不少時間細閱，盛讚香港書籍印刷精美之餘，卻埋怨現代書內的字體太小，對老人很不方便。

想到老人如此辛苦的讀拙著，頗覺疚歉！

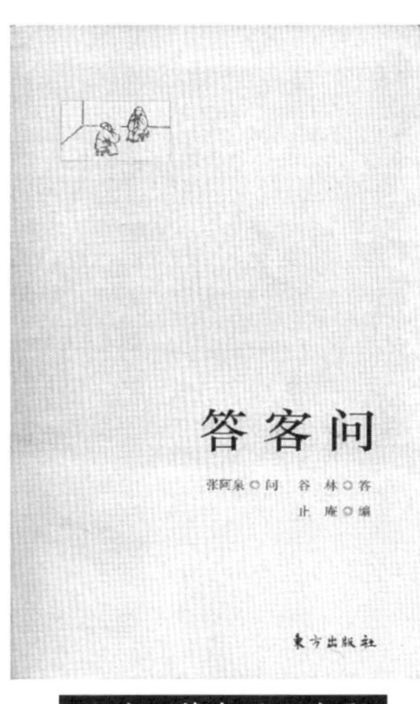

谷林《答客問》書影

丁聰畫谷林

印書量愈來愈少

以前印書的「起碼版」是一千本，即是說你印少於一千本，也收你同樣的印工。大多數的出版者都會一版印兩千冊，因為「第二千」不用排版，收費便宜很多，兩千本平均算來，成本就低了很多。近年書種愈來愈多，同類的也不少，書的銷量自然下降，存倉費又高企，有些用數碼影印機來印書的公司，推出以百作單位，出版者乾脆只印三幾百本，送送朋友就算。像《星星月亮太陽》般能銷五十萬冊，像楊朔的《生命泉》初版即印十六萬三千冊的故事肯定成了神話。

胡榮茂的《書外雜寫》（十堰書友工作室，二〇〇七）就是本這樣的書，僅印三百本，最特別的地方是書後印有一頁「本書擬贈書師、書友名錄」，是印書之前已列好的名單，贈出一百二十冊，餘下能發售的，不足二百冊。我有幸名列書內，獲贈書，否則難以買到在千里外小城所出的書。

胡榮茂（一九三四出生）筆名庶友，湖北武漢人，原是十堰市文化局局長，退休後任民間報刊《書友》編輯，既編且寫長達九年，最後選出有關書事雜文八十七篇，凡十八萬字，並請流沙河題字，出了這本包括「書外雜寫」、「文人雜記」和「往事雜憶」三部份的愛書人心聲。他在書的摺頁說「本集是本人第一本，也是最後一本短文選」。我希望這是謙語，很快便能讀到第二本。

僅印三百冊的《書外雜寫》

好一條《書街》

所有商業繁榮的城市，都有集中某一種行業的專街，如香港的古董街、海味街、女人街、食街，可惜缺少「書街」！

若說「書街」，首屈一指的是上海的福州路，從中山東一路起，至西藏中路止，全長一四五三米。這條全國聞名的書街始建於一八六一年，先是墨海書館，然後是千傾堂書局、尚義書坊、掃葉山房、格致書室、點石齋印局……，書店林立，經百多年不衰，成為上海最負盛名的文化街。自一九九八年，佔地三七一三平方米，樓高七層的「上海書城」落城後，福州路更成了全國書市的龍頭大哥，愛書人必往的聖地。

如今大家見到這本汪耀華主編的《書街》，是本十六開的粉紙精裝本圖書，圖文並茂，用「經折裝」精印的長卷，一頁連一頁，共四十八頁彩印本，拉開來，卷長達十米，非常精緻。內文上下是對倒的福州路左右兩面的書店面影，中間則是對全街兩面書店的歷史解說，非常有趣而好玩。讀着、讀着、……人彷彿走到福州路的馬路中央，瀏覽着兩旁書店的滄桑歲月……。

書是上海文化出版社在二〇〇六年初版的，定價才五十塊，非常超值。不知從何時起，內地書也不附印數了，這麼精緻的書，恐怕也不會印太多，見到了千萬別錯過！

拉開來，卷長達十米，非常精緻的《書街》

鏡頭下的湘西

沈從文筆下的湘西，是個非常獨特，到處充滿神祕感的地方，那裏的山水世俗人情，深深地感動了他龐大的讀者群，誰都希望到小城茶峒去，看看岸邊的吊腳樓，感受純樸的民情，墮入翠翠和儺送的愛情冥想中……。

一九七九年，在長沙南門外、靈官渡成長的女藝術家卓雅，因從小慣見「江上過往的白帆和木排，纏頭赤膊的艄公和排佬」，對沈從文筆下的風景人物，尤其嚮往。於是，她帶了畫具、長短鏡頭孤身上路，踏上了她的湘西之旅。二十年來，卓雅在沈從文筆下的鳳凰、吉首、永順、沅陵、常德……等多個城鎮，往來了十餘次，在原地細味沈從文小說中的風味，用鏡頭把快將消逝的往昔情景記錄下來，再從他的文章中挑出迷人、精警的語句，用文字和彩圖去漫遊湘西，這就是如今大家見到的《沈從文和他的湘西》（上海文藝出版社，二〇〇一）。

經過千錘百鍊，「二十年磨一劍」的《沈從文和他的湘西》是精裝的小八開本，外加護封，超過三百頁的巨著，收圖片數百幅，用九章沈從文的原文題：《我所生長的地方》、《我讀一本小書同時又讀一本大書》、《長河》、《邊城》、《街．市集》……等把整個湘西呈現讀者的眼前，書前還有黃永玉的序，說「這是一種對沈從文作品的重要演繹」。

卓雅的《沈從文和他的湘西》書影

比翼雙飛合集

一直以來，愛寫作的情侶或夫婦大多喜歡出合集以示恩愛，像蕭軍蕭紅的《跋涉》、楊騷白薇的《昨夜》、朱雯羅洪的《從文學到戀愛》、廬隱李唯建的《雲鷗情書集》……。不過，這些合集多為單一出現，少有像如今大家見到蕭乾文潔若的《旅人的綠洲》般，以叢書形式出版。

一九九〇年代中，浙江文藝出版社出版了一套三輯，由張昌華主編的「雙葉叢書」，以合集的形式出版「夫妻檔」的選集。這套叢書還有吳祖光新鳳霞的《絕唱》、黃苗子郁風的《陌上花》、魯迅許廣平的《愛的吶喊》、何凡林海音的《雙城集》、柏楊張香華的《我們的和弦》……等十種。無論在生的、逝去的、國內的、海外的，都包括在內。張昌華在編後記中說：「雙葉」是從「霜葉紅於二月花」轉化過來的，喻意他們像「秋天的紅楓葉，歷炎涼飽風霜；然老而彌堅，筆耕不絕」，一棵樹上兩片不同的葉子體現了你中有我，我中有你的風味。

這套叢書最獨特的地方是夫妻倆各輯一本書合成出版，不分先後，一輯從書的左翻讀起，另一輯則是倒轉來從另一邊開始，是合集中從來未見過的結構。全套書都是軟精裝，外加燙金書名的封套，書內有作者鈐印親題的書名，彩色精印的生活照，別說作品文采風流了，單是裝幀已甚引人，該奪印刷大獎！

《旅人的綠洲》

送給你《玩人》

有沒有想過人生活為甚麼？

為了存活、為了享受、為了家庭、為了國家、為了幹一番大事……這是個很難解答的問題。可喜歡拍照，又愛玩古董的設計家範克卻說：

人生活的假義解釋可以說是在玩。在道德標準不同、精神世界不同、資本積累不同、階層地位不同的同一境界中，有人玩大的，有人玩小的；有人玩真的，有人玩假的。總之是玩。（見《玩的話》頁三二二）

於是，範克帶着他的「長短槍」，由二〇〇一至〇四，用四個「春夏秋冬」，不分晨昏，長駐北京古玩龍頭「潘家園」，謀殺菲林無數，記錄了人們的安居樂業，分析了他們的精神世界，出版了這本二十四開，三二四頁，彩圖數百幅，而極少文字的《玩人——地攤上的樂趣》（中國設計年鑒出版社，二〇〇六）。

「觀市」、「搗騰」、「掌眼」、「尋覓」、「找樂」和「把玩」，這六種過程，充分反映出現代人「玩古董」的心態和樂趣，最難得的是範克能把「舊書」也升格放進去。其實範先生玩得最大的，是這本在內地出版的書，竟然用繁體字；成本超過五十塊的書，竟然是贈閱本！但我的這本，卻是在網站上以一百元拍回來的，還物有所值！

範克的《玩人—— 地攤上的樂趣》

潘家園內的書攤

天馬版《當代名作選》

很多出版社都喜歡出「叢書」及「選集」，這樣可以把作家們的名氣混在一起，互相牽引，叫讀者一起買進收藏，刺激銷路。無論哪個年代，成套的選集多不勝數，書坊上的零本常見，但要收齊一整套的話，也決不容易。我是不喜歡收藏選集的，因一般編者在編選時多沒有主題，個別作者的作品習慣只選一篇，難以反映個人風格。但我卻保留了天馬版的《當代名作選》，完全因為它的封面構圖美觀，所選的名家也頗能代表那年代。

一套十冊的《當代名作選》（天馬書店，一九三四），由韓振業編選，每本都是薄薄的，六十至八十頁的四十二開本（十點五乘十六點五厘米）小冊子，選的都是當年文壇上名家：魯迅、葉紹鈞、冰心、茅盾……的作品，書名：《故鄉》、《義兒》、《煩悶》、《雨夕》、《飄泊》、《寺外》、《湘累》、《微雪》、《拜獻》和《野菜》。每冊選三、四名作者的作品各一，主要的是小說，此外也選劇本、散文和詩，視乎作品所佔版位來決定篇數。我藏的那套是一九三四年十二月的再版，半年內印兩次，書大概賣得不錯吧！

一九三〇年代的天馬書店，除了這套《當代名作選》，還印過近二十種純文學的「天馬叢書」，都是水平不錯的。

天馬版《當代名作選》

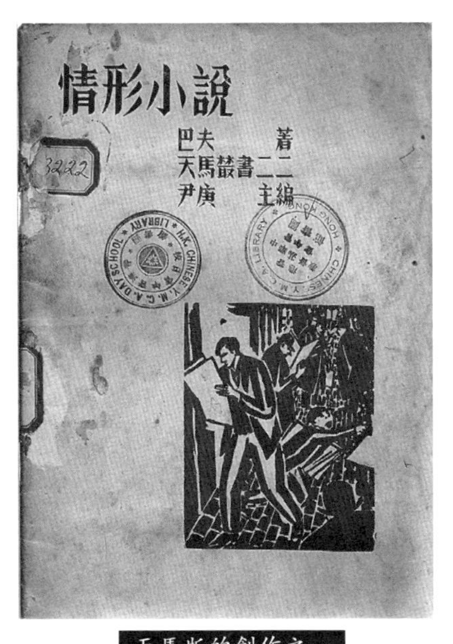

天馬版的創作之一

最佳的小說選

現代文學的短篇小說選集非常多，我以為趙家璧主編的《二十人所選短篇佳作集》（上海良友，一九三六）是最佳的一冊。此書由趙家璧邀請當代知名人士茅盾、蕭乾、靳以、沈從文、丁玲、巴金……等二十位名家共同編選。當時那二十位名家，分處於全國各地，每人各推薦年內所見最佳的短篇三篇，經篩選後，得四十七家的小說凡五十六篇，囊括了一九三五至三六年我國文壇上的傑作，此中包括端木蕻良的〈遙遠的風砂〉、陳白塵的〈小魏的江山〉、羅淑的〈生人妻〉、夏衍的〈包身工〉、宋之的的〈一九三六年春在太原〉、舒群的〈沒有祖國的孩子〉、羅烽的〈第七個坑〉……。這個編選方法不單很全面，而且能排除了編者因個人喜好而存在偏見，是難得一見的選本，不僅能代表整個抗戰時期，實在是新文學史上極重要的一本選集。

《二十人所選短篇佳作集》是三十二開本，厚厚的九六七頁，精裝一巨冊，書後還有幾十頁像書話般的「良友文藝書目」，對他們的出版物作出簡介，增加了此書的可讀性。一九八二年廣州的花城出版社重印過平裝本，如今大家所見的即為重印本書影，內容沒減少，還加了一篇趙家璧的〈重印後記〉，應該不難找，有興趣的不妨找來看看。

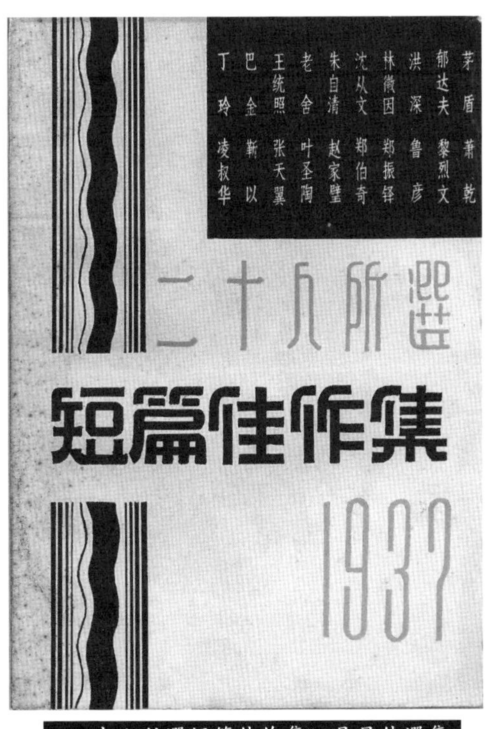

《二十人所選短篇佳作集》是最佳選集

《迷茫》是抽印本之一

抽印本之二《遙遠的風砂》

《八十家佳作集》

無論甚麼商品，只要你製作好、銷路佳，總會有人出來「老翻」或仿製；書也是商品，有人見《二十人所選短篇佳作集》能印幾版，於是便把它抽印，改頭換面出版。我見過一間三聯出版社，在一九四七年出版的，老舍等作的《遙遠的風砂》和蘆焚等作的《迷茫》，就是從《二十人所選短篇佳作集》中，各抽出十一、十二篇，改了舊版的目錄及頁碼，當作新選集，翻印以蒙騙讀者的，製作非常粗劣！

不過，「仿製品」有時也會很精采的：

施方穆（施若霖，一九一七至二〇〇五）因《二十人所選短篇佳作集》的啟示，編過一套十冊的《八十家佳作集》（上海新流書店，一九四五），分別是：巴金的《將軍》、沈起予的《難民船》、夏衍的《包身工》、蕭紅的《牛車上》……，均為三十二開本，每本約一百頁，全套一一四〇頁，共收八十家的一百篇短篇小說， 雖然它重複了不少《二十人所選短篇佳作集》的作品，但由於它的內容不像《二十人所選短篇佳作集》的限於一年內，由一九三五至一九四四的空間大得多，內容就更充實了！

後來《八十家佳作集》還出了個精裝本，分上下兩厚冊，簡簡單單的，書名就叫做《抗戰前後》。

《八十家佳作集》

《火併》

《抗戰前後》

《新進作家小說選》

中國現代文學發展到一九三〇年代中，漸次成熟，新人湧現，文學雜誌及單行本選集頗多，中華書局的《文藝彙刊》出了予且的《如意珠》、石靈的《捕蝗者》、周楞伽的《旱災》，還出了本朱雯等的《新進作家小說選》（上海中華，一九三六）。

《新進作家小說選》是本十二人的小說合集，他們是：朱雯、枕流生、葛賢寗、江萍、李式之、王西彥、沈淪、任達泉、方殷、施瑛、石靈和迅鳩。其實朱雯、王西彥、施瑛和石靈，當時已薄有名氣，稱之為「新進作家」，有點過分。不過，編者在序中自圓其說，以為「老作家的『老』字有點頹喪意味，不如『新進』二字之來得格外生氣勃勃……而集中題材的新穎，描寫的技巧，似乎都可以名副其實」。原來此「新進」是另有所指！

掛頭牌的朱雯（一九一一至一九九四）是著名的翻譯家，他收在本書內的短篇〈壩〉，寫一群生活於水壩附近村落的貧農底生之無奈：大雨下了很多天，大家都怕水壩會缺堤，地主富戶全搬走了，貧農們正擔心無法耕種，缺堤的洪水還要把他們的房子、財產、生命……全冲走，他們只好聽天由命，無奈地等待災難的到來！

在大自然的蹂躪下，人有多大的能耐？

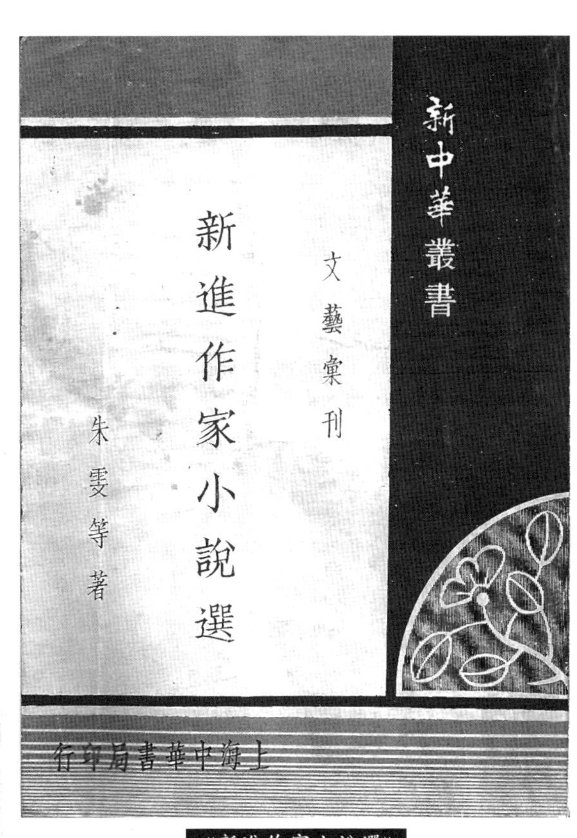

《新進作家小說選》

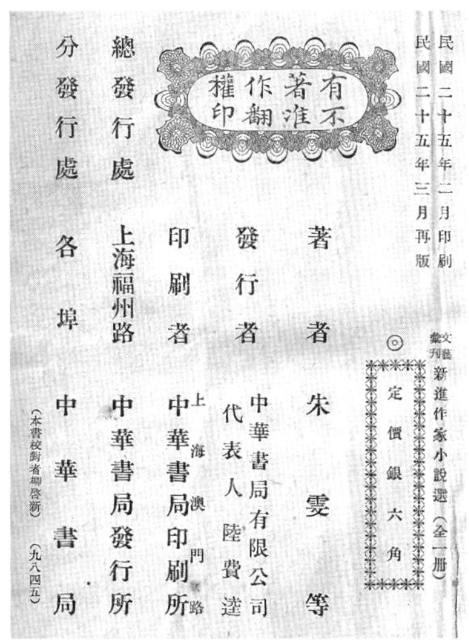

民國二十五年一月印刷
民國二十五年三月再版

文藝彙刊 新進作家小說選（全一冊）

定價銀六角

著者 朱雯等
發行者 中華書局有限公司 代表人 陸費逵
印刷者 上海澳門路 中華書局印刷所

有著作權 不准翻印

總發行處 上海福州路 中華書局發行所
分發行處 各埠 中華書局

（本書校對者胡啟新） （九八四五）

《新進作家小說選》版權頁

《可紀念的朋友們》

名編輯趙家璧在〈老舍和我〉中，有這樣一段記載：

一九四五年，正值伍聯德先生創辦的良友圖書公司二十周年紀念，我學習開明書店在創業十周年時出版一部由各名家合寫一部小說集，取名《十年》作紀念的先例，請了二十位在渝著名作家各寫一篇散文，編成名為《我的良友》的散文合集，此書一九四五年八月在重慶付排，一九四六年一月在上海初版，印數極少，至今多數圖書館均無收藏。原擬分出上下冊，後因抗戰勝利結束，有幾位已答應寫稿的朋友，分返各地，所以僅出一冊……（見《文壇故舊錄》頁一四〇）

這冊我也沒有的《我的良友》很罕見，但我卻有一本與它內容相同的《可紀念的朋友們》。這本署名冰心、郭沫若等著的《可紀念的朋友們》（上海晨光出版公司，一九四七），收十篇散文，其中巴金的〈一個善良的友人〉，有個副題「紀念終一兄」，終一即散文家繆崇群（一九〇七至一九四五），是巴金的好友，散文寫得很好，可惜早逝，只留下《晞露集》、《寄健康人》……等幾本書。

冰心的〈我的良友〉是悼王世瑛女士之作；艾蕪的〈鼓勵者〉記友人劉作賓……，此外還有沙汀、老舍、曾虛白、靳以、洪深和郭沫若的懷人文章。原版《我的良友》，除了十篇散文外，書前還有趙家璧的〈前言〉，說明徵稿及出版目的。不知何故《可紀念的朋友們》卻刪掉了這篇〈前言〉。

《可紀念的朋友們》是重印本

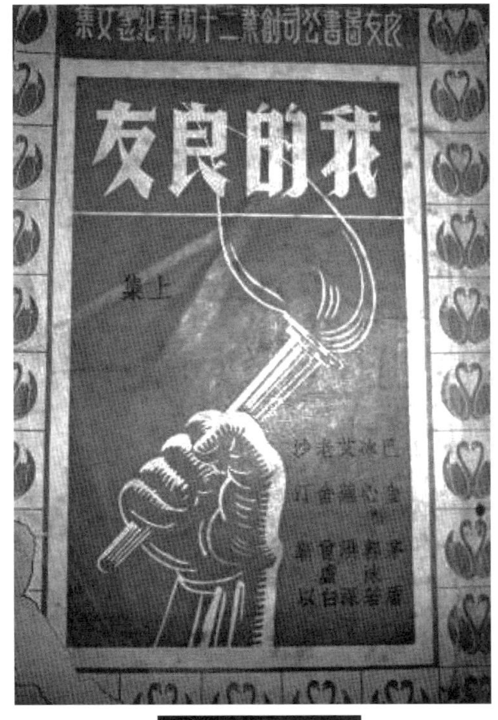

《我的良友》書影

左拉以外的畢修勺

讀互聯網上談畢修勺（一九〇二至一九九二）的文章，說他一生翻譯了「左拉」的小說近三十部，寫了八百多萬字。除了抗戰八年、建國後錯案二十年、牢獄十一年，迫使他離開「左拉」外，畢修勺九十年生涯中，有五十年在筆耕左拉。畢修勺是我國的左拉專家，研究左拉的成就蓋過了他一生的其他事業，他的左拉以外的生活甚少人提及，不過，還是很值得一談的。

畢修勺是浙江臨海人，自稱為「貧農子」，一九二〇年「勤工儉學」赴法進巴黎高級社會學院政治系。一九二五年回國，任上海勞動大學及立達學園教師，並主編《革命週報》和《民鐘》，用鄭紹文、華素、碧波等筆名，發表大量政論文章。抗戰時期轉任武漢及重慶《掃蕩報》總編輯。

如今大家所見的這本《一個貧農子的話》（上海革命週報社，一九二八？） 相當罕見，是我從上海一所舊書庫的殘書堆中撿到的。三十二開本，四百多頁，可惜自四〇一頁起被撕掉，錯失了重要的附錄〈鐵窗風味〉。書內有吳稚暉及羅喜聞的序，吳文寫於一九二八年十二月，當知書是此日後所出。《一個貧農子的話》收五十篇政論，即為他發表於《革命週報》上的文章。書分上下兩編，上編為一般的論文，下編全是有關討論共產黨的，是了解畢修勺思想的一手資料。

畢修勺譯的左拉

畢修勺的
《一個貧農子的話》

另一本《陳迹》

文學作品中同名的不少，和徐仲年《陳迹》同名的，有黃仲蘇的《陳迹》（上海中華書局，一九四〇）。

黃仲蘇（一八九五至一九七五），原名黃玄，安徽舒城人，是「少年中國學會」成員之一，曾留學美國伊利諾大學，後赴法國，在巴黎大學得碩士學位，回國後在國立武昌師範和東南大學等任教西洋文學。黃仲蘇還以筆名更生、醒郎寫小說。

《陳迹》是一本集筆記、遊記、通訊、論文和譯稿於一身的「炒雜錦」，三十二開，二三六頁的文集，收〈佐拉與自然主義〉、〈一位值得贊揚的小說家〉、〈譚譚莫泊三〉、〈林琴南先生〉、〈作家與作品〉……等二十篇，大約寫於一九二〇至二五年間，到一九四〇年才結集出版，都是作者壓在抽屜底的舊文，當然是早已逝去的《陳迹》了！他在自序裏說：

這些文字並沒有將我過去的生活直接地敍述出來，好像自傳似的；然而我在青年時代對於人生所感發的願望與苦悶，我所加於自然界的愛慕與咒詛，乃至於我研究文學所表現的種種心靈活動，都在這些篇幅裏面宣洩了一些。

徐仲年的《陳迹》是一位文藝少年的詩意心迹，黃仲蘇的《陳迹》則是中年學者型的逝去記憶！

現代文學叢刊
陳迹
黃仲蘇著
中華書局印行

黃仲蘇的《迹陳》

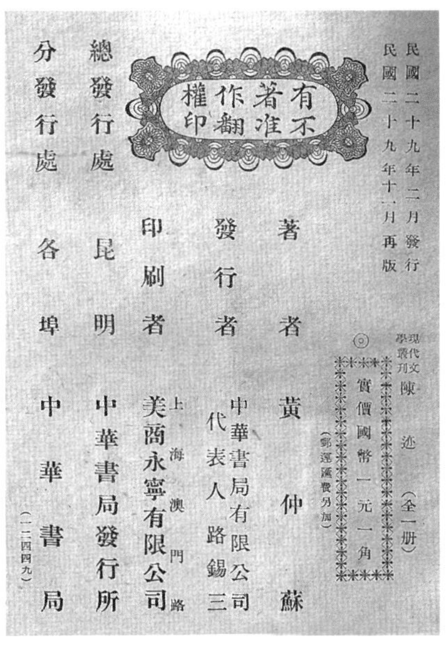
民國二十九年二月發行
民國二十九年十一月再版

有著作權
不准翻印

現代文學叢刊 陳迹（全一册）
實價國幣一元一角
（郵運匯費另加）

著者 黃仲蘇
發行者 中華書局有限公司 代表人路錫三
印刷者 上海澳門路 美商永寧有限公司
總發行處 昆明 中華書局發行所
分發行處 各埠 中華書局
（一二四四九）

黃仲蘇《迹陳》的版權頁

彭家煌的《喜訊》

提起彭家煌（一八九八至一九三三），大家都會記起他的成名作《慫恿》，這篇圍繞着豬肉買賣行業，來暴露鄉間奸商互相傾軋並壓榨善良鄉民的小說，除了寫得相當不錯外，還因為它曾被茅盾編選入第一個十年的《中國新文學大系・小說一集》中，而受到大眾的重視。楊義說彭家煌「是描繪鄉風民俗的好手，他以憂鬱焦慮的眼光諦視湘中農村，洞悉種種人物的心性，沉實着筆，底氣充足，質樸中不乏爽健的筆力」（見《中國現代小說史》）是十分貼切的。短篇小說集《喜訊》（上海現代書局，一九三三）中的作品可作代表，尤其用作書名的〈喜訊〉，以「喜」道「悲」，更見功力。

〈喜訊〉寫貧農拔老爹和兩個兒子在鄉間艱苦過活，總希望讀過師範，在天津做文職的小兒子島西能匯款回來解困，可惜島西連信也很少寄回來。拔老爹不想人家說他兒子忘本，經常把外地親友寄來的東西訛稱是島西寄回來的……。終於，他收到島西寄回來的「喜信」，滿懷喜悅的打開信件，收到的卻是「噩耗」，原來兒子被懷疑為政治犯，關進牢裏去了。

彭家煌大概很喜歡這篇小說而用作書名，可惜書在十二月初版時，他已病逝了好幾個月，見不到了。另有短篇小說集《出路》（上海大東書局，一九三四）也是在他去世後才出版的。

彭家煌的《喜訊》

彭家煌的另一本創作
《皮克的情書》

《她的遺書》

河南信陽人翟永坤，一九二六年入北京大學讀書，因投稿《國民新報》副刊認識魯迅，受影響而寫作，小說集《她的遺書》（上海開明書店，一九二九），是他唯一的創作。這本約四萬字的短篇小說集，收〈捉雙〉、〈回顧〉、〈審判〉、〈給慕貞〉、〈人生之一幕〉、〈初戀〉和〈她的遺書〉八個短篇，都寫於一九二七至二八年間。其時距新文學運動不足十年，一般新文學小說，無論在題材和寫作技巧上，都很稚嫩，甚少佳作。

翟永坤只寫過一本書，練習機會少，自然不會是甚麼成功的作品，況且年紀又輕，閱世未深，題材總離不開各種不同的愛戀，可幸他寫作頗為認真，作為書名及壓卷的〈她的遺書〉，在當年的水平上算是有份量。

〈她的遺書〉是女主人翁畹蘭寫給她愛人少華的一卷遺書。她用傾訴的筆法在信裏訴說離情的苦痛，述說她往外城讀書、遊玩、思念愛人……，本來過的是夢幻般歡樂的日子；可惜接踵而來的，是家庭的逼婚、戰亂中逃難，最終染病身故。這種悲劇在一九二〇年代的小說中常見，無法跳出早年平庸小說的框框。

反而首篇〈捉雙〉，說侄子王五替死去的叔父捉姦，把嬸嬸及奸夫縛到市集去，鄉紳、外家的兄弟都來了，不是把奸夫淫婦投河溺斃，而是把她賣掉分錢，算是有精采的結尾！

《她的遺書》書影

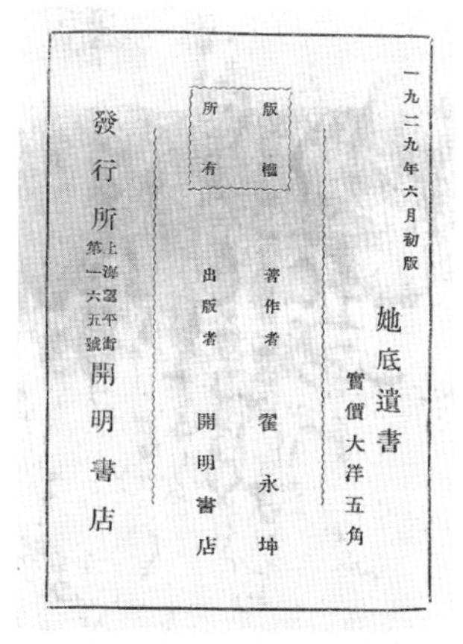

一九二九年六月初版

她底遺書

實價大洋五角

版權所有

著作者 翟永坤

出版者 開明書店

發行所 上海望平街第一六五號 開明書店

《她的遺書》版權

《中國大學生日記》

湖北作家萬迪鶴（一九〇七至一九四三）是抗戰期間滯留在重慶鄉間，因貧病交迫而離世的。他雖然只活了短短的三十六歲，寫作的稿齡亦僅十年，卻寫了好幾部作品，有長篇《中國大學生日記》（上海生活書店，一九三四）、短篇小說集《火葬》（上海良友，一九三五）、《達生篇》（上海文化生活，一九三六）、《復仇的心》（重慶國民圖書，一九四四）和劇本《和平天使》（重慶獨立出版社）及《若是有了靈魂》（重慶國民圖書，一九四五）。

他的書，除了《火葬》和《達生篇》，其他的都難得一見。我這本《中國大學生日記》，是一九三七年的再版，全書約十萬字，以七十二節描述「我」在一所「野雞大學」中的學校生活。那兒收費貴，圖書館資料貧乏，教師授課不依課程，胡說八道，學生們更是渾渾噩噩，無心向學以外，更酗酒、嗜煙、好賭，終日胡天胡帝……。

此書一出，引起了極大的迴響，蘇雪林責他「描寫大學內幕之腐敗難令人置信，……太出尋常情理以外」；但也有人讚他勇於暴露學校的黑暗面，夠勇敢，可媲美《官場現形記》。

其實，一本小說之出現，不論受批評還是得到讚揚，有人肯讀，肯站出來說話，在某程度上已算成功。可惜萬迪鶴捱不過八年抗戰，不然的話，他應該會有更好的作品面世。

《中國大學生日記》書影

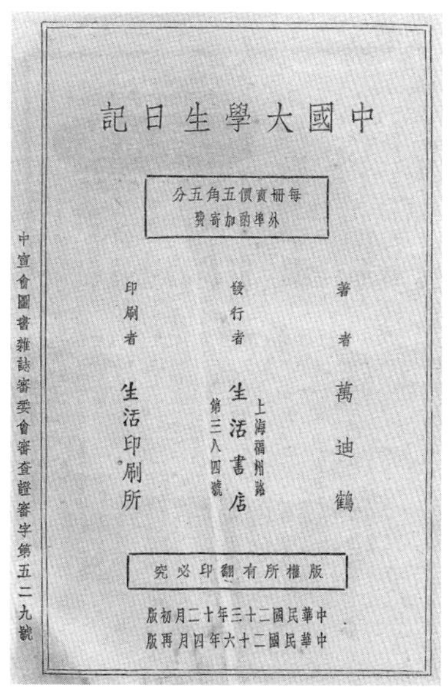

中國大學生日記

每冊實價五角五分
外埠酌加寄費

著者 萬迪鶴

發行者 生活書店 上海福州路第三八四號

印刷者 生活印刷所

版權所有翻印必究

中華民國二十三年十二月初版
中華民國二十六年四月再版

中宣會圖書雜誌審委會審查證審字第五二九號

《中國大學生日記》版權

《徒然小說集》

徒然即陶亢德（一九〇八至一九八三），是浙江紹興人，他是個從未進過正式學校，憑自己的努力，從困境中苦鬥出來的作家。他早年在蘇州當學徒，做過小店的賬房先生，後到瀋陽工作。他原本是《生活週刊》的讀者，九一八前後，因目睹日本軍隊的殘酷和人民生活的苦況，便提起勇氣，在槍聲咆哮風聲鶴唳中為《生活週刊》寫通訊，報導瀋陽的實況，極得韜奮重視。後來他回到上海，韜奮便吸納他到生活週刊社內工作。之後，他跟隨林語堂，編《論語》、《人間世》及《宇宙風》，在上海創立人間書屋。一九三八年曾到香港，與簡又文等編輯《大風》週刊。

《徒然小說集》（上海生活書店，一九三三），三十二開本，一六八頁，收短篇小說〈阿保〉、〈馬褂〉、〈瑛妹〉、〈過年〉……等八篇，書前有韜奮的〈序〉，書後有他自己寫的〈給青（代跋）〉，這兩篇文章詳細地記錄了徒然早年刻苦奮鬥，及與韜奮交往的經過。

出版《徒然小說集》時，徒然或陶亢德都沒有甚麼名氣，韜奮是有意栽培這個沒有學歷，但潛質優厚且又勤奮的青年的。

陶亢德後來在文壇上的成就，得要感謝伯樂韜奮的「慧眼」。

《徒然小說集》書影

徒然小說集

每冊實價五角
外埠酌加寄費

著者 徒然
發行者 上海法租界陶爾斐司路 生活書店
印刷者 生活印刷所

版權所有翻印必究

民國二十二年四月初版

《徒然小說集》版權頁

瘦石與瘦竹

較少聽人談到陳瘦石（一九〇八至一九七六）和陳瘦竹（一九〇九至一九九〇）兄弟。他們是江蘇無錫人，曾合作翻譯羅素的《自由與組織》。瘦竹擅寫小說及劇論，著述甚多，對田漢的話劇有深入的研究，曾撰《論田漢的話劇創作》（上海文藝出版社，一九六一），成就和名氣遠在乃兄之上。描寫農民悲苦生活和反抗的中篇小說《燦爛的火花》（上海勵群書店，一九二八）是他的第一部創作。

瘦石是翻譯家，一九二六年畢業於江蘇省立第三師範學校，隨後在宜興、無錫等地的小學任教，業餘從事翻譯工作，首先譯出的是《房龍世界地理》（上海世界書局，一九三三）。其實早在出版此書之前，他已在《生路月刊》上發表小說，並結集出版了短篇小說集《秋收》（上海生路社，一九二八）。

《秋收》厚二八二頁，約八萬字，收〈輪船票〉、〈惠生叔〉、〈秋收〉、〈遺棄〉和〈拔草〉五個短篇，寫的都是當時農村的實況，為被壓迫者申訴、呼冤的小故事。《生路月刊》編者胡行之為他寫序，說〈秋收〉是集內最出色的一篇，並稱許他的小說是真正的革命文學，可惜陳瘦石之後再沒出版過小說。

今次讓大家看《秋收》的版權頁，你是否發現著者「陳瘦石」居然錯排成「陳廋石」？這是不能原諒的過失！

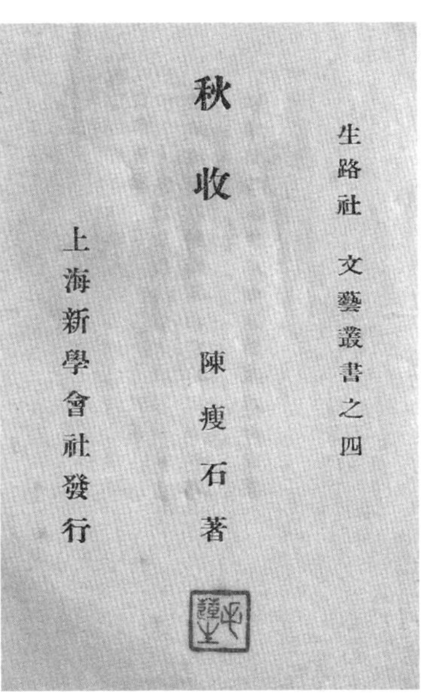

生路社 文藝叢書之四

秋收

陳瘦石著

上海新學會社發行

《秋收》的扉頁

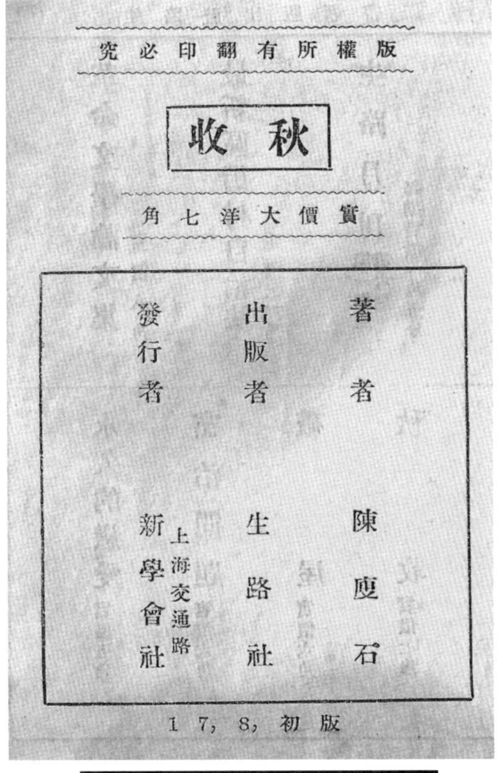

版權所有翻印必究

秋收

實價大洋七角

著者 陳庚石

出版者 生路社

發行者 新學會社 上海交通路

17, 8, 初版

把陳瘦石錯印成陳庚石的版權頁

《新聞記者的故事》

昔日很多文藝青年因羡慕「無冕皇帝」的威風，雖然明知自己並無「鐵腳 · 馬眼 · 神仙肚」的本領，也樂意加入新聞記者的行列，因為當記者自有其強大的吸引力，除了比一般民眾早知道突發的新聞，還能親身接觸那些祕聞，甚至一些不能見諸於報的內幕也有充份的了解，大大滿足了人類的窺祕天性，自我「諸事八卦」一番。這正是近年「八卦」周刊能暢銷的原因之一。

一些資深的新聞記者多能掌握讀者這種心態，出祕聞本賺到「盆滿缽滿」。如今大家見到的這本《新聞記者的故事》（上海聯合書店，一九三一），就是出在風氣之先的祕聞本。全書一二四頁，收〈梁啟超的遇豔紀事詩〉、〈商報記者的徵婚訟〉、〈中國女記者的先進〉、〈鑑湖女俠的女報〉、〈戴天仇的鐵窗風味〉、〈邵飄萍的飲彈記〉……等二十餘篇，都是一兩千字的「祕聞」，趣味甚濃。

作者黃粱夢是現代新聞界前輩黃天鵬（一九〇五至一九八二）的筆名，他別署天廬主人，廣東普寧人，留學日本早稻田大學新聞系。一九二六年回國，創辦並主編《新聞學刊》，後任上海復旦大學、滬江大學新聞系教授，兼任《申報》、《時報》主筆，在我國新聞界有崇高地位。編著有《中國新聞事業》、《現代新聞學》、《新聞文學概論》、《新聞學名論集》等三十多種。

《新聞記者的故事》書影

新聞記者的故事（全一冊）

實價四角

著作者 黃梁夢著

出版者 上海聯合書店

總發行所 上海聯合書店 上海四馬路望平街口

1931.2.1.初版
1— 1500

版權所有 不准翻印

《新聞記者的故事》版權

報人「魯莽」

「報人魯莽」不是說從事報業的人行事魯莽，而是要給大家介紹一位名叫「魯莽」的報業中人。

魯莽（一九〇〇至一九六六）是浙江紹興人，他讀小學時已熱愛寫報道，對新聞事業有濃厚的興趣，經常為劉大白時代的《紹興民報》寫稿。一九二九年協助創辦《山東民國日報》，任總編輯，正式進入報界。一九三〇年轉任《天津商報》老總，一九三六年自己掏腰包，在南京辦《大夏晚報》；一九三七年去上海主理《華美晚報》⋯⋯。魯莽在報界任職近二十年，多為報館高層，但因本身熱愛文藝，主編及寫社論之餘，還愛兼職編副刊及寫小說，用筆名「魯人」在各大報刊發表作品，曾出過散文及小說《北國行》、《夜生活》、《腐草》、《熱風》等書。

初見《夜生活》（重慶獨立出版社，一九四五）以為是作者任報人多年的生活點滴，豈料打開一看，卻原來是魯莽前半生的自傳。他以五萬多字，用「訪事員的豔羨」、「輿論是刷子」、「與希特拉同事」、「阿 Q 的精神」和「洋商牌子」五章，敍說了他從事報業十多年的甘苦。

《夜生活》當然不可視為中國現代報業史之一章，但由於是作者個人的自述，報人生活之苦樂以幽默、自嘲的筆調出之，沒有史書之枯燥乏味，可作為野史來讀，趣味盎然。

《熱風》

● 版權所有

熱風

著者　魯荞
發行人　顧懋濤
出版者　國光書店
經售處　國內外各大書局
總發行所　國光書店　上海山東中路128衖6號

● 中華民國三十八年一月再版 ●

《熱風》版權

《夜生活》

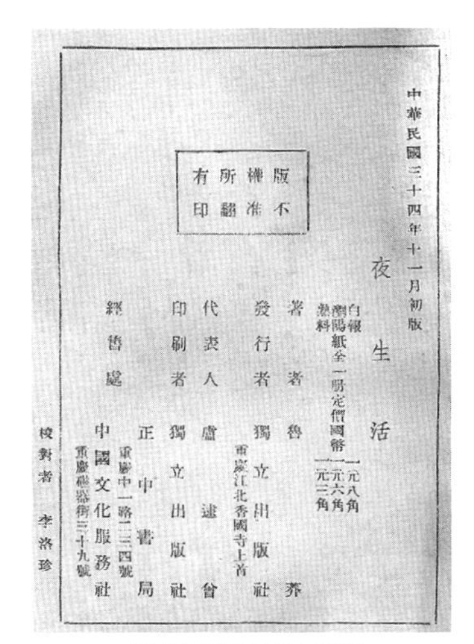

中華民國三十四年十一月初版

版權所有
不准翻印

夜生活

白報紙全一册定價國幣一元八角
瀏陽紙全一册定價國幣一元六角
熟料紙全一册定價國幣一元三角

著者　魯荞
發行者　獨立出版社　重慶江北香國寺上首
代表人　盧逮曾
印刷者　獨立出版社
經售處　正中書局　重慶中一路一三四號
　　　　中國文化服務社　重慶磁器街三十九號
校對者　李洛珍

《夜生活》版權

此「鋒」不同彼「烽」

像蘆焚般，成了名的作家，被人冒名寫作，最終還要發表改名聲明，是無可奈何的事；但不同的作家，用了相同的筆名寫作，也經常為研究者帶來很多不便，如香港作家張吻冰（一九一〇至一九五九）和曾敏之（一九一八至二〇一五），他們是同時代的人，同樣用「望雲」作筆名，很容易讓讀者和研究者「張冠李戴」，誤把馮京作馬涼！

大家見到「羅鋒」的這本《瘋狂八月記》（上海雜誌社，一九四四），買的時候我也誤會了是東北作家「羅烽」的，後來仔細一看，才發現此「鋒」不同彼「烽」！這位羅鋒原名劉祖澄，又名劉慕清，曾用筆名魯風，是一九四〇年代上海的文人，曾任「雜誌社」的社長，是上海淪陷時期的地下抗日工作者。

《瘋狂八月記》有一七六頁，書前有他好友君匡（袁殊）的序〈再生之圖式〉，另有上海紅十字會第一醫院的醫生粟宗華及夏鎮夷的序。這是本「醫療報告」，內容寫羅鋒因工作壓力，患了極嚴重的「精神病」，如果用現在較文雅的名詞來說，應該是：抑鬱症、狂躁症、多動症、精神不健全……

幸好他只「瘋狂」了八個月，病好後，把「醫療報告」連續十二期發表在上海的《雜誌》上，還出了單行本，這類文學作品是不多見的。

羅鋒《瘋狂八月記》

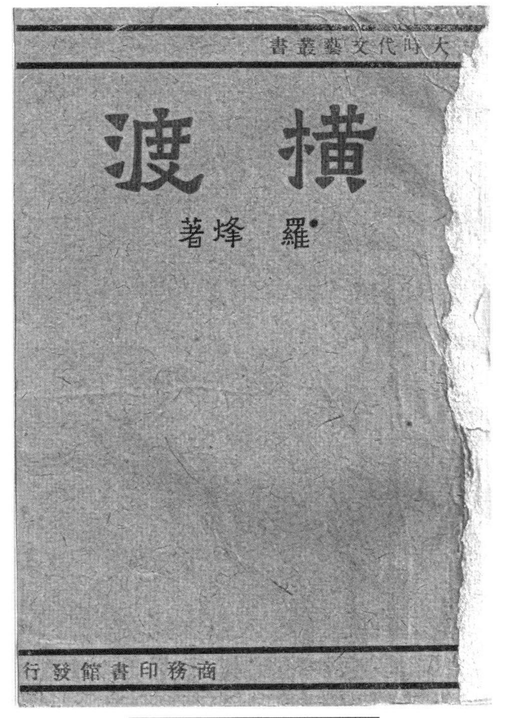

東北作家羅烽的小說。
兩個作家是「烽、鋒」不同

楊剛的夢

跟她的兄長羊棗（楊潮）一樣，楊剛（一九〇五至一九五七）是中國現代的名記者。抗日戰爭時期，她與彭子岡、浦熙修、戈揚等，被譽為大後方的「四大名旦」，是新聞界響噹噹的人物。其實，她在文學運動及編寫界也相當觸目：

一九三〇年，楊剛與謝冰瑩、潘漠華、孫席珍等發起成立北方「左聯」；一九三三年應愛德格·斯諾的邀請，與蕭乾共同協助斯諾編譯中國現代短篇小說選《活的中國》；一九三九年到香港接替蕭乾任《大公報》文藝副刊主編……在在都顯示出她記者生涯以外的文學熱忱。楊剛寫過小說《桓秀外傳》，長詩《我站在地球中央》，當然，最出色的還是老本行的散文通訊《沸騰的夢》、《東南行》和《美國札記》。

《沸騰的夢》（上海美商好華圖書公司，一九三九）是本三十二開八十頁的小書，內收二十篇通訊式散文，約寫於一九三七至三八年間。其時楊剛先居於北平，七七事變後移至上海，不久，上海亦陷於敵手。

楊剛畢業於燕京大學，曾到美國哈佛留學，浸過「鹹水」，是個見多識廣、熱血沸騰的新女性，眼見同胞忍痛在敵人的鐵蹄下偷生，氣憤難平，提起筆來，以抒情的筆調，把這兩個城市的悲痛宣泄出來。她熱愛國家民族，時常為美好的將來編織美夢，夢想着終有一日成真！

楊剛《沸騰的夢》書影

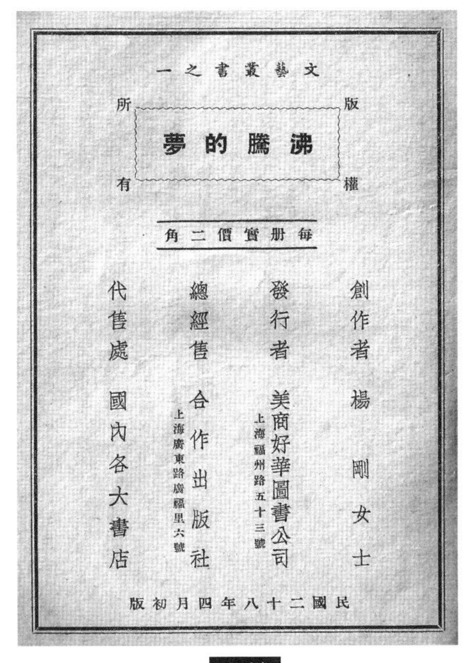

文藝叢書之一

版權所有

沸騰的夢

每冊實價二角

創作者 楊剛女士

發行者 美商好華圖書公司 上海福州路五十三號

總經售 合作出版社 上海廣東路廣福里六號

代售處 國內各大書店

民國二十八年四月初版

版權

盛成和「歸一論」

一九一一年，辛亥革命光復南京的戰役中，年僅十二歲的盛成（一八九九至一九九六）參與其事，被稱為「辛亥三童子」之一。其實，盛成不單在革命中廣為人知，他還是舉世知名的學者，中法文化交流最重要的人物。

一九一九年底，盛成以勤工儉學計劃赴法留學，在巴黎大學講授中國思想課程，倡導「天下殊途而同歸」的「歸一論」，確信天下間，無論何種人物，不同的哲學思想，最後都會統一而世界大同。一九二八年，盛成以他母親的一生為原型，用法文寫出《我的母親》，作為其「歸一論」的基本。此書得法國大文學家瓦乃理 · 保羅（Paul Valery）寫長序盛讚它改變了西方人對中國長期持有的偏見和誤解，令外國人了解中國人思想哲學的精髓，使年輕的盛成名揚天下。

盛成回國後，把《我的母親》（上海中華書局，一九三五）譯成中文出版，此書以「儀徵塔」、「浣紗女」、「返魂梅」、「春閨夢」、「金與錢」、「剪辮子」、「秋江月」、「汕頭浪」……等十六章，敍述了他母親的一生及家族歷史。盛成的母親生於一八七一年，死於一九三一年，剛好六十歲。而這六十年正好由晚清到九一八事變之間，中國社會的變遷正是了解偉大中華民族的最佳史實！

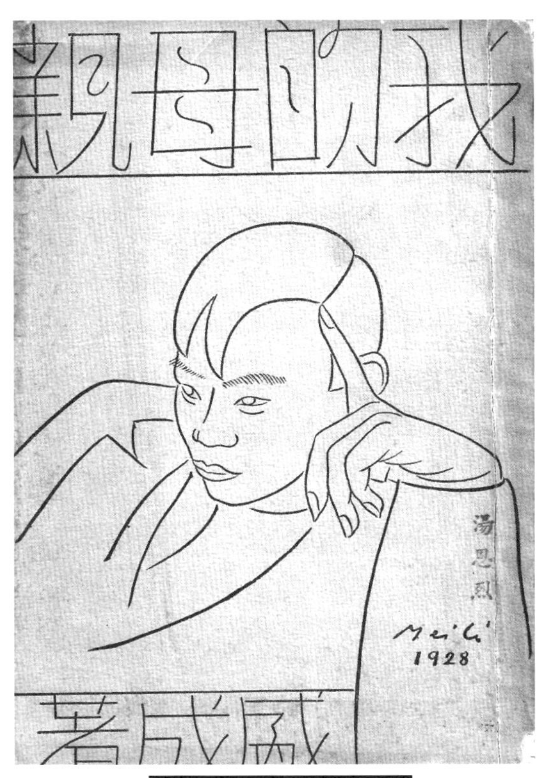

盛成《我的母親》書影

盛成的母親

只讀序言的書

王介平的《花與果》（上海中華書局，一九四七）是從舊書網站上拍得的，買的時候完全不知道王介平是甚麼人，吸引我的是為他寫序的李劼人。

李劼人（一八九一至一九六二）原名李家祥，四川華陽人，一九一一年畢業於四川高等學堂附屬中學，後勤工儉學到法國，入蒙柏烈大學修讀文學。一九二四年回國後，畢生從事教育、編輯、翻譯與寫作，擅寫大河小說，有長篇《同情》、《死水微瀾》、《暴風雨前》、《大波》和《天魔舞》等。

李劼人曾任《四川群報》主筆，寫過不少雜文，好像從未結集，此所以當我見到《花與果》有李劼人寫的代序〈追念劉士志先生〉，很想看看。

劉士志是李劼人就讀的四川高等學堂附屬中學的監督（校長），他事事親力親為，愛護學生。李劼人說：劉士志監督是他四十多年來所見，最值得尊敬的校長。當年十七歲，還叫李家祥的李劼人，雖被劉士志視為「浮囂、油滑的城市子弟」，還是給予機會入學，才能得春風化雨，終成為一代小說大家！

李劼人的〈追念劉士志先生〉雖然是劉先生從事教育生涯的一段記錄，卻反映了晚清時期四川教育界黑暗的事實，實在是一份極重要的教育史材料。

王介平的《花與果》

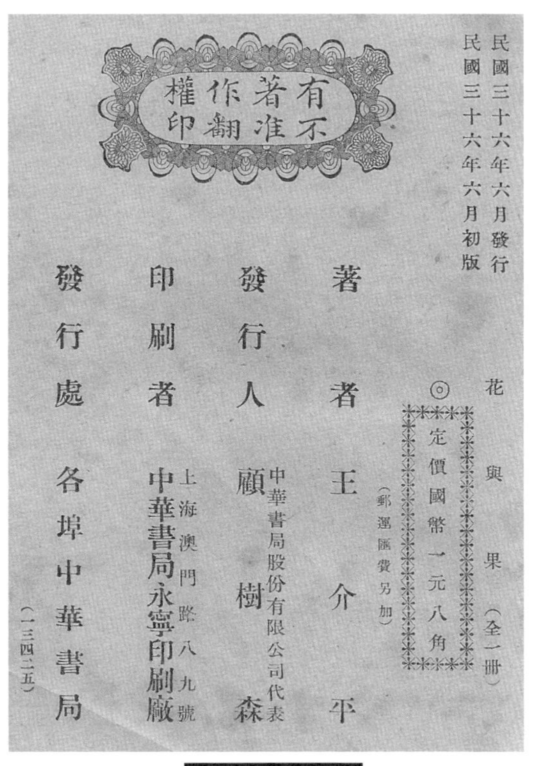

民國三十六年六月發行
民國三十六年六月初版

花與果（全一冊）

◎定價國幣一元八角
（郵運匯費另加）

有著作權 不准翻印

著者 王介平
發行人 中華書局股份有限公司代表 顧樹森
印刷者 上海澳門路八九號 中華書局永寧印刷廠
發行處 各埠中華書局

（一三四二五）

《花與果》版權

良友圖書目錄

圖書目錄是出版社促銷的工具，方便讀者及同行選購之用。但一些巨型及影響力大的出版社所出的書目，不單收到促銷之效，還因為它們定期出版，圖文並茂，附有出版歷史及計劃等文章，閱讀者可視之為出版雜誌，若干年後甚至可作為研究者極有參考價值的文獻，像如今大家見到的《良友圖書目錄》即是。

《良友圖書目錄》為二十開之正方形本，六十六頁。這本是一九三三年的春季第十一期，每年約出兩期。圖書目錄原為促銷之用，本來只有作者、書名、定價及出版年份幾項即可。但本刊編輯梁得所卻摒棄舊觀念，把它編成一本雜誌。年內所出圖書分門別類展示以外，重點書籍還附印了封面、插圖及短簡的文字推介。一九三三年，對「良友」來說是個重要的年份，他們出版了全套八十種的「一角叢書」，同時開始出版一九三〇年代最重要的純文學創作：全套四十種的「良友文學叢書」。

馬國亮是「良友」的靈魂人物之一，他寫的《良友憶舊》（北京三聯書店，二〇〇二）是資料最翔實可靠的史書，我們知道他是《良友》畫報最重要的編輯，很多時會忽略了他同時也是位作家，這本《良友圖書目錄》中展示了他的散文詩集《昨夜之歌》和《回憶》外，還特別推介他的《國亮抒情畫集》，說是「線條嚴整，構圖緊密，表現深刻」之作，原來他還是個畫家！

良友圖書目錄

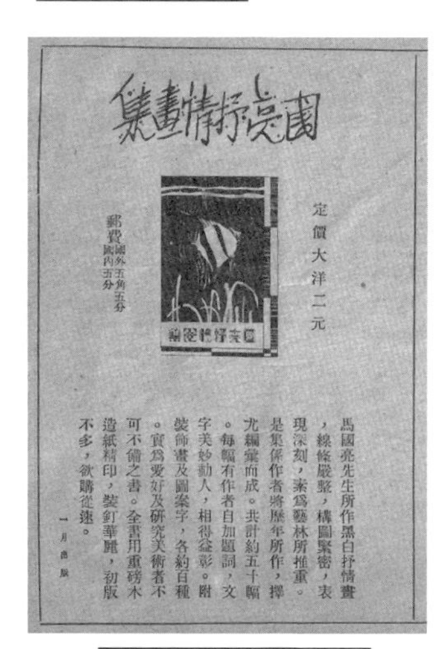

國亮抒情畫集

定價大洋二元

郵費國外五角五分
國內五分

馬國亮先生所作黑白抒情畫，線條嚴整，構圖緊密，表現深刻，素爲藝林所推重。是集係作者將歷年所作，擇尤編彙而成。共計約五十幅。每幅有作者自加題詞，文字美妙動人，相得益彰。附裝飾畫及圖案字，各約百種。實爲愛好及研究美術者不可不備之書。全書用重磅木造紙精印，裝釘華麗，初版不多，欲購從速。

一月出版

馬國亮的廣告之一

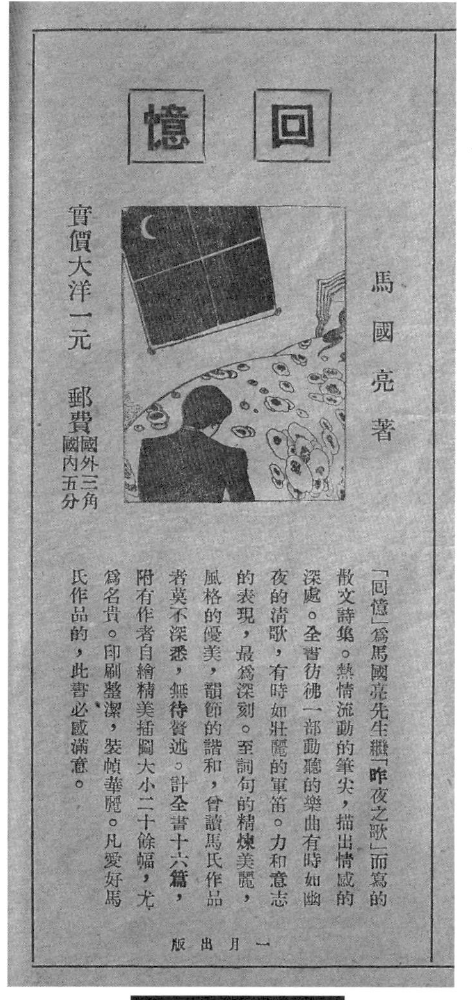

回憶

馬國亮著

實價大洋一元

郵費國外三角
國內五分

「回憶」爲馬國亮先生繼「昨夜之歌」而寫的散文詩集。熱情流動的筆尖，描出情感的深處。全書彷彿一部動聽的樂曲有時如幽夜的清歌，有時如壯麗的軍笛。力和意志的表現，最爲深刻。至詞句的精煉美麗，風格的優美，韻節的諧和，曾讀馬氏作品者莫不深悉，無待贅述。計全書十六篇，附有作者自繪精美插圖大小二十餘幅，尤爲名貴。印刷整潔，裝幀華麗。凡愛好馬氏作品的，此書必感滿意。

一月出版

馬國亮的廣告之二

老向的《庶務日記》

抗戰期間中國文壇上有所謂「三老」：老舍、老向、老談。他們的文章大多「幽默、通俗、有鄉土味」，文筆通俗而嚴謹，極受大眾歡迎。老舍是小說大家，其長篇小說《駱駝祥子》是中國新文學史上一等一的傑作，不必多費唇舌。老談即何容（一九〇三至一九九〇），是我國現代語言學的開拓者之一，戰後到臺灣發展。老向（一八九八至一九六八）原名王向辰，北京大學中文系畢業後，約一九三〇年到河北定縣西平朱谷村辦平民教育。朱谷村是條貧瘠落後的小村落，老向在這裏呆了三年，和鄉民們接觸多了，感受甚深，寫了很多刻劃民間生活的小品和小說，其成名作，約五萬字的中篇小說《庶務日記》（上海時代圖書公司，一九三四）即一九三三年於定縣完稿的。

《庶務日記》中的主人翁「我」，是當地政府庶務科的科員，此書以是年四月至五月的日記，記述了他做「官」的平日生活，以幽默、諷刺、辛辣的筆調，寫政府官員的貪污、腐化與無能，極盡挖苦：科員之上有科長、處長、司長以至次長，幾十位官員爾虞我詐，各自貪污，國難當頭，但為官者卻燈紅酒綠，胡天胡帝，無論家中所需、應酬花費、賭債……均開公數。

一九三四上海時代圖書公司版的《庶務日記》難以得見，附圖的是一九四八年，上海時代書局《論語叢書》版的也不多見。

老向的《庶務日記》

老向的另一種創作《黃土泥》

吳曙天的《女子書信》

山西翼城人吳曙天（一九〇三至一九四二），是一九三〇年代的女作家，可惜命短，只活了四十歲即病逝。她是情書專家章衣萍的妻子，出過散文集《斷片的回憶》（北京北新書局，一九二七）、日記《戀愛日記三種》（上海天馬書店，一九三三）；還編過一本《女子書信》（上海光華書局，一九三三），書為三十二開本，二五二頁，初版印二千冊。章衣萍在〈小序〉中說：

曙天收集女朋友們的書信數十封，集印起來，叫做《女子書信》，女子書信最善於言情，說理的比較少些。但這也似乎不足為病。感情的生活無論如何佔人類生活的大部份，女子比較男子感情較為豐富而且深刻……真有很多寫得很好的情書……這些書信都是情表真摯、深刻、高尚，我想，就拿作女學校的書信讀本，也可以的吧。

章衣萍喜歡用書信來寫小說，討論問題，對書信有狂熱，拿此書作讀本，當然是過譽了，不過，此書感情豐富，倒是真的。書信的執筆者，較有名氣的是石評梅，其餘柳眉君、宛若、萬楓橋、房仲民、湯詠蘭等，應是他們往還較密的友人吧！

其實《女子書信》也不見得全是談情，如〈中國歷史上婦女的地位〉、〈婦女創作不振的原因和我們應有的覺悟與努力〉、〈長江印象記〉等，都是寫得不錯的。

《女子書信》書影

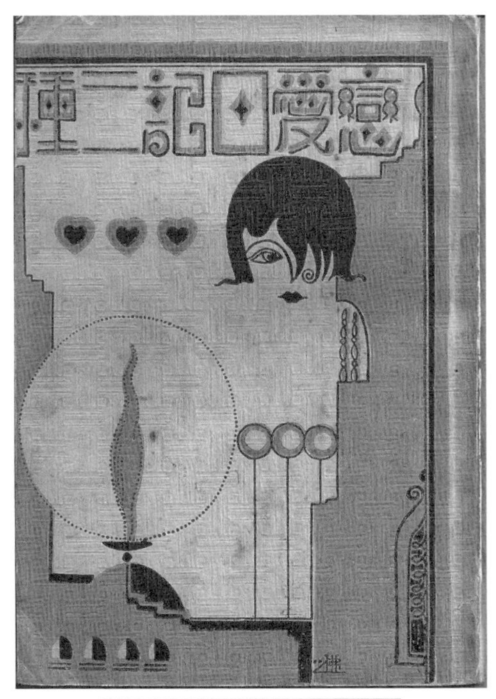

吳曙天的《戀愛日記三種》

《工程師的傳奇》

浙江杭州人徐昌霖（一九一六至二〇〇一）熱心於演藝事業，在浙江省立第一中學讀書時，就與同學組織劇社，排演了《月亮上升》、《一片愛國心》等話劇。一九四〇年畢業於四川省立戲劇音樂實驗學校編劇系，加入影劇行業。除了編劇外，他也喜歡寫小說，是一九四〇年代著名的作家。他的重要劇本是《重慶屋檐下》和《黃金潮》。

香港作家劉以鬯很欣賞徐昌霖，一九四〇年代在上海辦懷正文化社時，曾出過他的中篇《天堂春夢》（上海桐葉書屋，一九四七）；一九八〇年代劉以鬯在香港編「中國新文學叢書」時，也出過他一本文集《春夢》（香港文學研究社，一九八〇）。

徐昌霖的書比較罕見，他在《春夢》的〈跋〉中，曾提到他一九四四年在大後方出過一本叫《紅燒清燉集》，不單我未能見到，就連一般的資料或辭典也未見有提到過。

他在重慶時寫過一本長篇小說《年青的 RC》（重慶當今出版社，一九四四），寫年輕正直的工程師黃中青，剛畢業即到重慶的工程公司任職，後來發現高層與奸商合謀，偷工減料，作虛弄假的勾當。他不想同流合污，憤而辭職，投奔他方的故事。可惜此書也甚少，未曾得見。幸好後來改名《工程師的傳奇》（上海建國書店，一九四六），在上海重版，就是大家如今見到的這本。

當今文藝叢書

工程師的傳奇

著作者 徐昌霖

發行人 唐秉彝

發行所 建國書店
總店上海四馬路山西路怡益里七號
分店重慶林森路一四八號

版權所有 不准翻印

每冊 元

民國三十五年十月滬初版

《工程師的傳奇》版權

徐昌霖《工程師的傳奇》書影

《綠的北國》

范泉（一九一六至二〇〇〇）是現代著名的編輯家和作家，他編過的叢書及期刊超過二十種，其中最重要的是《文藝春秋》月刊，由一九四四至四九年，前後共出四十四期，是一九四〇年代非常重要的文藝雜誌。其實他還寫兒童文學、小說和散文。他的處女集是「遼原文學彙刊」中的短篇童話《江水》，可惜書未出版即全燬於八一三砲火之中，只好把這本《綠的北國》（上海永祥印書館，一九四六）當作他的第一本書了。

《綠的北國》屬「文學新刊」之一，這套叢刊是范泉自己編的，出過好幾輯，水平不錯，在一九四〇年代的上海文壇影響不少。此書收散文三十篇，多是抒情的散文；范泉散文的命題多用單字或兩字詞，像〈秋雪〉、〈風沙〉、〈篝火〉、〈江水〉、〈春〉、〈橋〉、〈憶〉……，一看題目已知道他要寫的是甚麼，讀者有了心理準備，然後隨他進入詩境，品味優美的散文詩！我們讀到的，是他以純潔心靈唱出的歌！毛微昭說：

> 范泉的散文語言優美、寓意深刻，耐人咀嚼。尤其善於用象徵的手法，啟發人們對生活的思考。有的既充滿詩意，又帶有深刻的哲理，……曾給許多讀者，特別是年青的讀者以希望和信心，以溫暖和力量。

可謂一語中的，點出了范泉散文的特點！

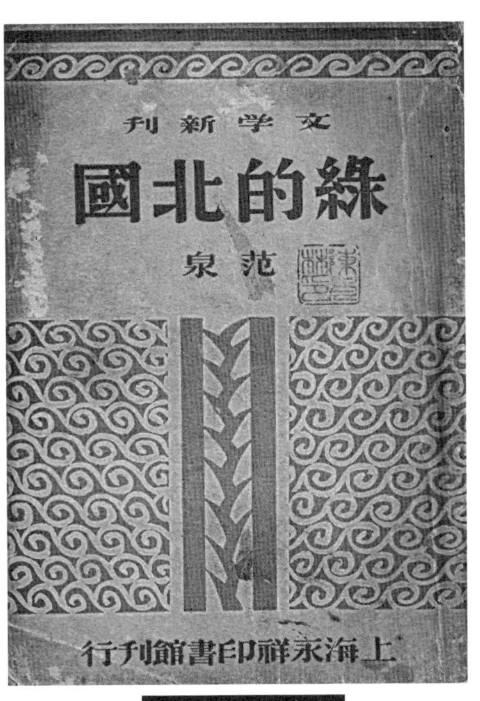

《綠的北國》書影

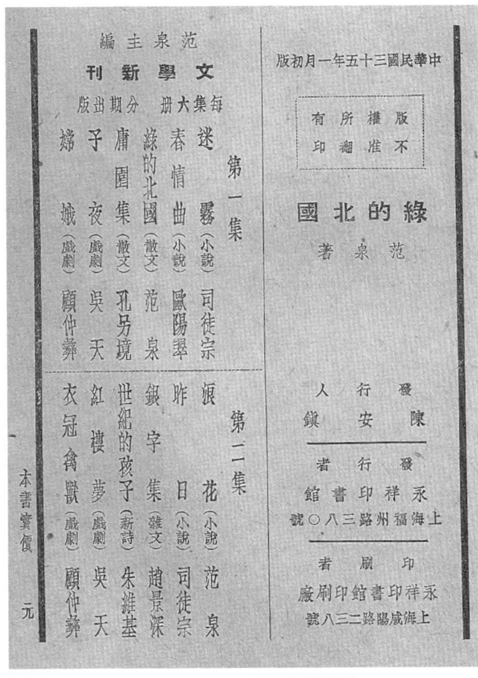

中華民國三十五年一月初版

版權所有 不准翻印

綠的北國

范泉著

發行人 陳安鎮

發行者 永祥印書館 上海福州路三八〇號

印刷者 永祥印書館印刷廠 上海咸陽路二三八號

范泉主編

文學新刊

每集六册 分期出版

第一集

迷霧（小說）司徒宗
春情曲（小說）歐陽翠
綠的北國（散文）范泉
庸園集（散文）孔另境
子夜（戲劇）吳天
嫦娥（戲劇）顧仲彝

第二集

浪花（小說）范泉
昨日（小說）司徒宗
銀字集（雜文）趙景深
世紀的孩子（新詩）朱維基
紅樓夢（戲劇）吳天
衣冠禽獸（戲劇）顧仲彝

本書實價 元

《綠的北國》版權

《無名書初稿》

二〇一二是無名氏（一九一七至二〇〇二）逝世十周年紀念，五月的「文學月會」，由江濤及崑南在香港中央圖書館講《無名氏的小說》。江濤主要介紹無名氏生平，崑南則講無名氏的代表作《無名書初稿》。崑南是無名氏的超級「粉絲」，一九五〇至七〇年代中期的香港及海外文壇，當所有人對無名氏的所知僅限於《北極風情畫》（上海時代生活，一九四四）和《塔裏的女人》（西安無名書屋，一九四四）時，崑南已在一九六四年七月《中國學生周報》的《五四抗戰文藝專輯》上，發表了幾千字的〈淺談無名氏初稿三卷〉，探討主人翁印蒂追求人生目標的歷程。

《無名書初稿》是套二百六十萬字的長河小說，全書六卷，頭三卷《野獸．野獸．野獸》、《海豔》和《金色的蛇夜》出版於一九四九年解放前；後三卷《死的巖層》、《開花在星雲外》和《創世紀大菩提》寫於一九五〇及六〇年代，是不可見天日的隱世之作，直到無名氏一九八三年離開內地，經港赴臺定居之際才能出版。講座中投射發放的書影均以新版為主，今日故意讓《野獸．野獸．野獸》（上海時代生活，一九四四）初版本書影以饗眾「粉絲」。《無名書初稿》厚盈呎，在資訊爆炸，傳媒充滿誘惑的今天，肯定無人問津。我認為想接觸無名氏，應從他兩本言情小說及短篇《露西亞之戀》入手。

《無名書初稿》

《龍窟》

《一百萬年以前》

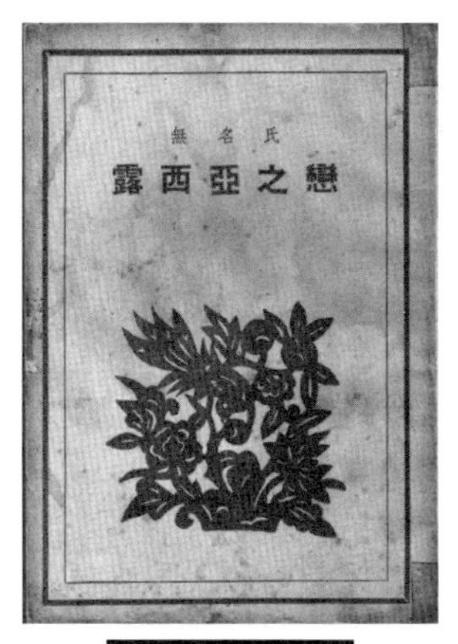

《露西亞之戀》

上海作家林微音

民國才女林徽音，除貌美如花外，還經常署名「徽音」發表創作，不幸她的芳名與上海男作家林微音相似，惹來不少誤會，後來一怒之下改名「林徽因」。此事已成眾所周知的文壇軼事，但，「林微音」其人及寫過哪些書，知道的人卻不多。

林微音（一八九九至一九八二）是江蘇蘇州人，一九三〇年代在上海任銀行職員，及新月書店經理。他曾與芳信、朱維基等人創辦「綠社」，是唯美派的上海作家。後來染上鴉片煙癮，生活非常潦倒。

林微音的著作不多，只有《散文七輯》（上海綠社出版部，一九三七），短篇小說集《白薔薇》（上海北新書局，一九二九）和《舞》（上海新月書店，一九三一）、一角叢書《西泠的黃昏》（上海良友圖書公司，一九三三）、中篇小說《花廳夫人》（上海四社出版部，一九三四）和合集《八人集》（上海詩領土社，一九四五），此書屬「新代文庫」之一，由路易士編的短篇小說集，和魯賓、蕭雯、葉帆、白雁……等人合著，林微音發表的是短篇〈旅途〉。此外，他還翻譯過辛克萊的《錢魔》、莫理思的《虛無鄉消息》和戈替爾的《馬斑小姐》。

由於林微音的書相當少見，知名度也不高，所以才會讓人把他和才女林徽音混淆了。如今大家見到的這本《花廳夫人》，也是由上海書店在一九八九年照原版，原樣重印的。

林微音的《花廳夫人》

花廳夫人

每冊實價三角 外埠酌加寄費

著作人	林微音 上海山東路一二四號
發行人	張竹平 時事新報 大陸報 大晚報 申時電訊社 合組
發行所	四社出版部 上海山東路一二四號
印刷所	國光印書局 上海山東路一二四號
門市部	時事新報館
經售處	各埠各大書局

民國二十三年六月初版

《花廳夫人》版權頁

同書異名小說集

吳奚如（一九〇六至一九八五）是現代著名的小說家，他一九三七年六月，在上海潮鋒出版社出版了小說集《生與死》，書前有作者的自序，談及書內小說的創作經過，此書內含〈生與死〉、〈卑賤者底靈魂〉、〈彭營長〉、〈一個含笑的死〉和〈活動活搖〉五個短篇。不知何故，這本小說集在四個月後重版時，一切都沒改變，連自序中「這本集子——《生與死》……」這句子也不修正，書名卻已變成《卑賤者底靈魂》。同書異名此中當然有「幕後」故事，可惜事隔七十多年，難以考證了！

如今大家所見的《卑賤者底靈魂》，是同出版社的一九四八年版，多年前我曾有一九三七年十月版的《卑賤者底靈魂》，內容完全一樣，但封面不同。此書前後用《生與死》和《卑賤者底靈魂》作書名，相信作者特別愛這兩篇小說，前者寫共產黨員在獄中寧死不屈的鬥爭，後者寫小學徒投奔大城市謀生的經過，這些奚如都有過實際的生活經歷，寫得細膩感人。

原名吳席儒的湖北京山人吳奚如，一九二六年黃埔軍校畢業，曾參加北伐及加入左聯，在出版《卑賤者底靈魂》以前，已經出過散文集《在塘沽》（萬人出版社，一九三六）和小說《葉伯》（上海天馬書店，一九三五）、《懺悔》（上海良友圖書公司，一九三六）和《小巫集》（上海文化生活，一九三六）。

《卑賤者底靈魂》和
《生與死》是同一本書

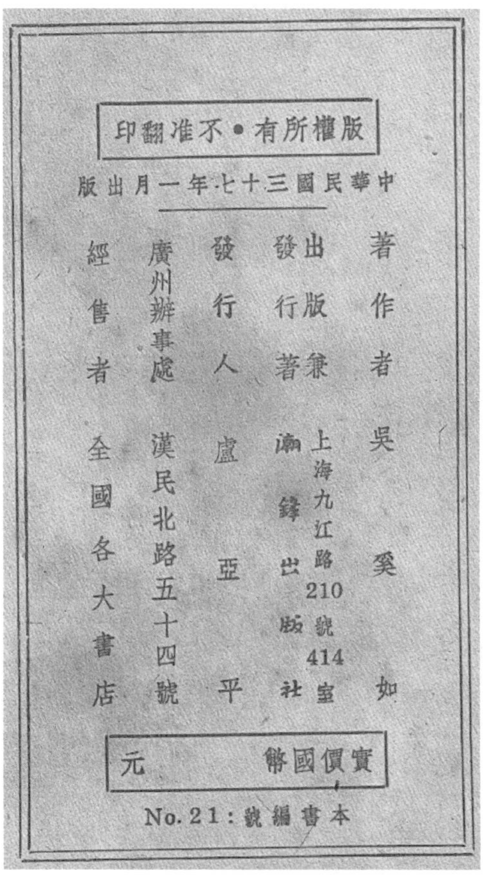

版權所有・不准翻印

中華民國三十七年一月出版

著作者　吳奚如

出版兼發行者　瀾鋒出版社　上海九江路210號414室

發行人　盧亞平

廣州辦事處　漢民北路五十四號

經售者　全國各大書店

實價國幣　元

本書編號：No. 21

《卑賤者底靈魂》版權

孔厥的《受苦人》

聶紺弩在《小鬼鳳兒》的序裏，說他的那個劇本是據孔厥的小說《受苦人》改寫的。

孔厥（一九一四至一九六六）原名鄭志萬，江蘇吳縣人，是一九四〇年代崛起的農民小說家，戰時在延安魯迅藝術文學院學習及研究，他最著名的小說是與袁靜合著的《新兒女英雄傳》（河北新華書店，一九四九）。他的《受苦人》（上海海燕書店，一九四七）是本短篇小說集，收：〈一個女人翻身的故事〉、〈受苦人〉、〈過來人〉、〈調查〉……等十三個短篇，屬胡風主編的「七月文叢」之一。

「受苦人」是陝北地方的土話「農民」的意思，而書內所述的，正是農民的苦難故事。中國幾千年來都以農立國，農民是勞動生產的前線工作者，本該過着富裕的生活，想不到竟是「受苦人」！

「七月文叢」第一輯共十二種，此中有曹白的《呼吸》、東平的《第七連》、路翎的《求愛》、蕭軍的《側面》……，這輯文叢的書不太難找，一般在三、四百元間即可買到，但《受苦人》卻是比較少見的，價在五百以外。全套書有叢書型的一致封面設計，《受苦人》用的是古元的木刻，書內還有插圖六幅，十分珍貴！

孔厥的《受苦人》

七月文叢的另一種：
《人的花朵》

童話家米星如

關於童話家米星如我知道的甚少，雖然努力搜尋了好一段日子，也僅知道他可能是安徽人，一九二八年開始創作童話，出過幾本童話集，和葉聖陶、陳果夫、蔡慕暉（陳望道夫人、教育家、學者） 等人交往；一九三四年左右，在上海辦過申時電訊社，並任社長；後來從政，在江山縣做過縣長。

我之所以提到米星如，是買到他的《吹簫人》，而且對那漂亮的書衣很有好感。此書一九二九年由上海商務印書館初版，我這本是「一九三三年國難後第一版」，一五四頁，收〈吹簫人〉、〈林中少年〉、〈仙筆王良〉、〈枯樹開花〉……等十篇童話，約五萬字，為了照顧兒童的閱讀能力，全書用略大的十四號字印刷，是考慮周全的兒童讀物。

《吹簫人》是米星如的處女集，書前的序文說明他寫童話的兩人動機：一是紀念父親；二是賺稿費買書，以滿足個人的愛書慾。文中記述最詳盡的是他受父親的影響而寫作的經歷：米星如的父親在他童年時因體弱多病經常不上班，常愛在竹葉小窗前講故事給小米星如及祖母聽。後來便鼓勵米星如自己去看故事，反過來講給祖母及父親聽……

我很少見有人提及米星如，他幾本書的序，應該是了解米星如的一手資料。

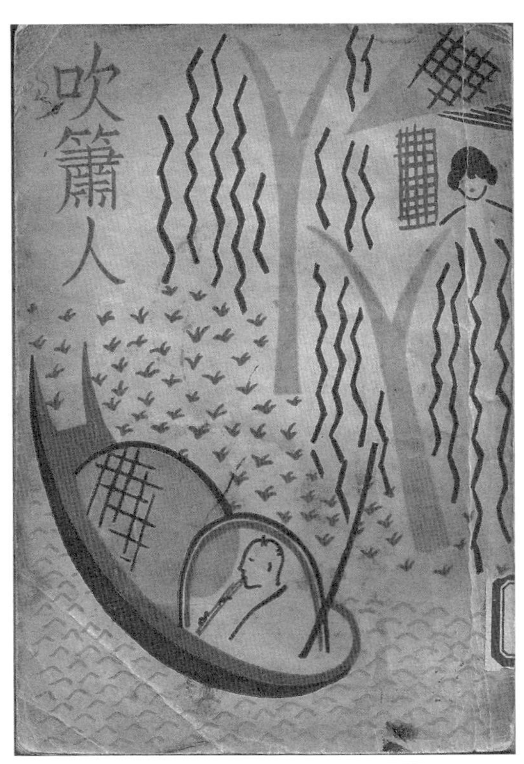

封面設計很漂亮的《吹簫人》

民國二十一年一月二十九日
敝公司突遭國難總務處印刷
所編譯所書棧房均被炸燬附
設之涵芬樓東方圖書館尚公
小學亦遭殃及盡付焚如三十
五載之經營隳於一旦迭蒙
各界慰問督望速圖恢復詞意
懇摯銜感何窮敝館雖處境艱
困不敢不勉為其難因將需用
較切各書先行覆印其他各書
亦將次第出版惟是圖版裝製
不能盡如原式事勢所限想荷
鑒原謹布下忱統祈
垂督
上海商務印書館謹啓

版權所有翻印必究

中華民國十八年三月初版
中華民國二十二年六月國難後第一版
（三三二九）

吹簫人一冊
每冊定價大洋肆角
外埠酌加運費匯費

編輯者 米星如
發行兼印刷者 商務印書館 上海河南路
發行所 商務印書館 上海及各埠

《吹簫人》版權

米星如的書

米星如只寫過幾本童話集：《吹簫人》（上海商務印書館，一九二九）、《仙蟹》（上海商務印書館，一九三〇）和《石獅》（上海開明書店，一九三二）。由一九二八年起，至一九三二年的五年內，米星如好像就只寫過這三本書中的三十六個童話故事，每本書都有序文，發表他對童話的看法，都用書中一個故事作書名。

〈石獅〉以在宰相府前鎮宅的「石獅」作主角，寫它在看盡人間的殘酷與苦痛後，將肚子裏「金子的心」摘下救人的故事；〈仙蟹〉寫善良的人有好報，貪得無厭的人沒有好結果。這兩個故事都是一般的童話，但〈吹簫人〉卻一點不像童話，故事說男女吹簫人的戀愛故事：女的最初只聽到簫聲已對男方有情意，豈料到見面時，才發現男方是個禿頭且生癩瘡的，一段愛情悲劇發生了……。普通的童話愛情故事多是美好的，才子佳人共結連理的大團圓；像〈吹簫人〉般，由傾慕而到自盡的情節，這些不像「童話」的「米星如式」童話，少之又少。

我有一本童話合集《小白船》（上海藝林書店，一九三六），是葉紹鈞、巴金、米星如和陳衡哲，每人各選幾篇故事合成的，不知編者是誰，把米星如和這三位大家編在一起，可見他當年在童話界的地位很高，足可與他們齊名。

米星如的《仙蟹》

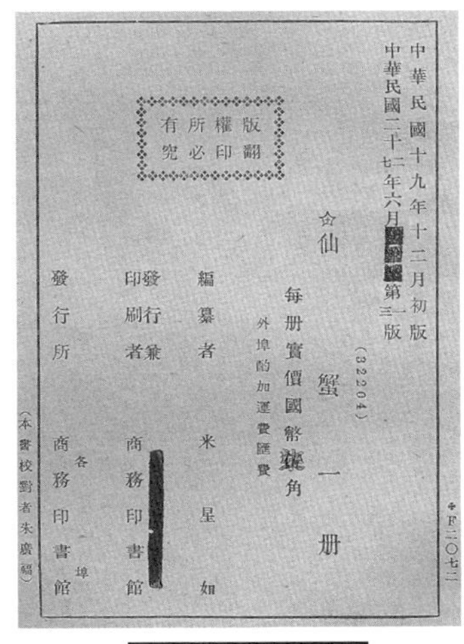

中華民國十九年十二月初版
中華民國二十七年六月[illegible]第三版

(322204)

仙蟹 一冊

版權所有 翻印必究

每冊實價國幣[illegible]角
外埠酌加運費匯費

編纂者 米星如

發行兼印刷者 商務印書館

發行所 商務印書館 各埠

(本書校對者朱廣[illegible])

F二〇七二

《仙蟹》的版權

太陽社的期刊

「太陽社」是一九二八年一月成立於上海的文學團體，主要成員是蔣光慈、錢杏邨（阿英）、孟超、夏衍、洪靈菲……等人。他們先後出過三種重要的文學期刊：《太陽月刊》、《新流月報》和《拓荒者》，都由以寫小說著名的蔣光慈（蔣光赤）主編。

《太陽月刊》為三十二開本，由一九二八年一月至七月，共出七期即被查禁。其後於一九二九年三月出版的《新流月報》，為二十五開本，每期約百五頁，到十二月的第四期止，全套約七百頁。《新流月報》的第五期於一九三〇年一月，易名《拓荒者》，厚四百二十多頁的文學期刊屬超級巨製，出至五月份的第四、五期合刊，全套亦僅四冊，不過，四本厚達一千八百頁，相當驚人。一九三〇年三月，「左聯」成立，「太陽社」全體成員加入，太陽社的社刊完成歷史任務，不再出版。

太陽社的成員全是中國共產黨員，是宣揚普羅文學的重要基地，《新流月報》以小說創作為主，創刊號七篇作品中，有蔣光慈的長篇連載《麗莎的哀怨》，洪靈菲的短篇〈在木筏上〉、祝秀俠的〈黎三〉和張萍川的〈流浪人〉，譯作由沈端先（夏衍）、伯川翻譯俄國和日本的小說。四本《新流月報》時間太短，發揮機會有限，太陽社的文學期刊，要到《拓荒者》面世，才有足夠的版面，在創作以外加上理論全面地傳遞他們的理想。

太陽社的期刊《新流月報》，
內地的重印本

《太陽月刊》香港重印本

重印期刊作用大

我搜尋中國現代文學作品，早年以作家的個人專集為主，不收文學期刊，總覺得期刊出的期數多，不容易收齊，意義不大。後來知道這種想法是錯的，很多作家的作品，往往在期刊出現後，不一定能出版單行本，要全面研究一個作家，最好讀齊他的創作，期刊就更顯重要了。不過，要收齊一整套文學舊期刊，是件非常困難的事，幸好某些出版社的主事人多能了解學人的苦況，中國現代文學發展以來，重要的文學期刊：《現代》、《新月》、《七月》、《論語》、《文學》、《創造》、《宇宙風》……等，都有全套的重印本，供研究者使用。

我手邊太陽社全套的《新流月報》和《拓荒者》都是重印本，無論開度、內容和封面，都和原本印得一模一樣，只在封底加印了一段「影印本出版說明」。這兩套書都是上海文藝出版社重印的，《新流月報》印於一九五九，《拓荒者》印於一九六〇，都印二千五百部，距今亦超過半世紀，除了大型圖書館，坊間書店恐怕亦不容易得見。內地重印的文學期刊，印量每每以千為單位，一九六〇、七〇年代，日本和香港有些重印本往往只印百套或幾十套的，比那些大出版社重印的更少見。近年有些無良書商把重印本有「影印本出版說明」的那頁撕掉，把書故意弄污，冒充舊原本以謀厚利，新入行的收藏者小心上當！

太陽社的《拓荒者》

《拓荒者》最後一期

王西彥的三部曲

中國現代的小說家，很多都喜歡寫長篇巨製的三部曲，如巴金的《激流三部曲——家、春、秋》、《愛情三部曲——霧、雨、電》，茅盾的《蝕之三部曲——幻滅、動搖、追求》，老舍的《四世同堂——惶惑、偷生、饑荒》，比較少人提及的是王西彥的《追尋三部曲——神的失落、尋夢者、人的道路》。

王西彥這三部曲寫於一九四〇年代中後期，《神的失落》一九四五年脫稿於福建的永安，新禾社的初版非常罕見，我藏的是一九四八年上海中興書局版；《尋夢者》一九四七年完稿於福州，一九四八年由上海寰星書店發行的中原出版社初版；《人的道路》一九五〇年在武昌的珞珈山完稿，並由上海文化工作社初版於一九五一年，後來還把這套書同時重印過。

王西彥把這三本合共九百多頁的巨著稱為《追尋》，用三個崇尚個人主義的知識分子的追尋和奮鬥，寫出三個獨立的故事，他們有的失敗了，有的在失敗後接受了教訓，走上新的、醒覺的人的道路，目的在顯示：個人主義的滅亡！

王西彥很喜歡寫長篇小說，除了這套巨製，他的長篇還有：《村野戀人》（桂林良友復興，一九四四）、《古屋》（上海文化生活，一九四六）和《微賤的人》（上海晨光，一九四九）。

三部曲之一

三部曲之二

三部曲之三

神的失落

有版權：禁翻印

著者　王西彥
出版者
總經售　中興出版社　上海(11)北京路713弄520號二樓

中華民國三十七年十一月滬初版

陷坑（中興譯叢之一）庫布林著　秦文漪譯　十九元
斯遶林格勒（中蘇文協叢書）V・涅克拉索夫著　李霽野譯　十六元
鄉愁（中興文叢之四）艾蕪著　六元
神的失落（中興文叢之三）王西彥著　十三元
雲層（中興文叢之一）劉北汜著　四元五角
憤怒的鄉村（中興文叢之二）魯彥遺著　十六元
你在那兒（中興詩叢之一）王采著　三元五角
幽會與黃昏（中興詩叢之二）拜倫・雪萊等著　沙金譯　四・元
騎驢（中興詩叢之三）惠特曼・耶斐羅等著　鄒綠芷譯　四元五角

之一的版權頁

王西彥的《夜宿集》

雖然王西彥（一九一四至一九九九）擅寫長篇小說，其實他的短篇也有好幾種，如今大家見到的這本《夜宿集》（長沙商務印書館，一九四〇）是他第一本短篇小說集，內收〈夜宿〉、〈兩姊妹〉、〈摸秋〉、〈尋常事〉……等十二個短篇。這些都是他一九三三至三六年間所寫的，當時他「從南方一個大都市來到北方一個大都市，在城南一家破陋會館的一間破陋小屋子裏，憑着不愉快的記憶寫下這一些不愉快的故事」（見〈前記〉）。

我翻閱時見到〈摸秋〉，不明所以，翻開來看看，見作者有註釋，頗有意思，錄如下：

不知道北方有沒有，我們南方是有這樣的風俗的：在中秋夜裏偷偷地到人家田間去，「摸」一個瓜呀甚麼的農作物，拏回家，說是這樣可以使沒有兒子的人生兒子。即使給主人撞見了，也當作沒看見，因為這是俗尚如此。但近年來不成了，窮人家都藉「摸秋」為名，實行竊劫，所以來「摸」取子嗣的人往往不是沒有兒子的人，相反地，卻是些兒女成群的窮鬼了。（頁六十六）

不知這是南方何處的風俗，太平盛世且豐衣足食的時代，是很好玩的，但當戰亂頻頻，民不聊生之際，「摸秋」變成一種「習慣」，那就大大不好玩了！

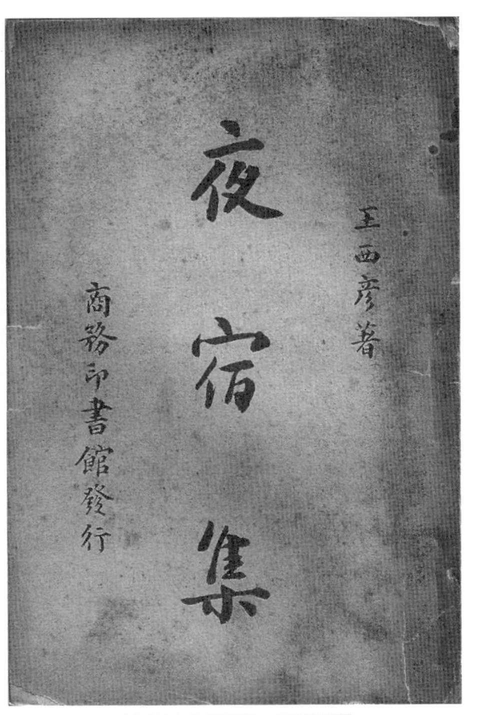

王西彥的《夜宿集》

中華民國二十九年八月初版
(80320)
☆夜宿集一冊
每冊實價國幣玖角
外埠酌加運費匯費
版權所有
翻印必究
著作者 王西彥
發行人 王雲五 長沙南正路
印刷所 商務印書館
發行所 商務印書館 各埠
(本書校對者印頌文)
H一四三三上

《夜宿集》的版權頁

高詠《隨糧代徵》

巴金主編一百六十冊的「文學叢刊」中，長篇小說不多，只有：葉紫的《星》、周文的《煙苗季》、蕭乾的《夢之谷》、高詠的《隨糧代徵》、盧焚的《馬蘭》、王西彥的《古屋》和艾蕪的《山野》等數種，幾乎全是名家的作品，只有高詠是名不見經傳的人物。

高詠（一九一七至一九四二）是湖北漢口人，原名高雲清，曾用筆名白芸窗（或白芸生？）以新詩飲譽文壇。一九三六年附於漢口《時代日報》上的《詩與散文》副刊，即由高詠主編，也是他發表詩作的主要園地。

《隨糧代徵》（上海文化生活，一九四〇）厚厚的四七二頁，近二十萬字，寫於一九三五年的耒陽，寫的是當地農民與地主鬥爭的故事。「隨糧代徵」的原意是依農田產糧的多寡，來決定徵稅的數日。本來是個很好的辦法，但在土豪惡霸橫行的時代，卻惹來了風風雨雨……。

高詠戰時是范長江主持的「國際新聞通訊社」記者，曾寫過不少特寫和報導，經常出入槍林彈雨的戰場，甚至潛入敵後工作，天賦潛質優厚的詩人小說家，原應有美好的將來，可惜天妒英才，高詠終在河南涉縣犧牲了，終年二十五歲，而《隨糧代徵》便成了他唯一的小說！

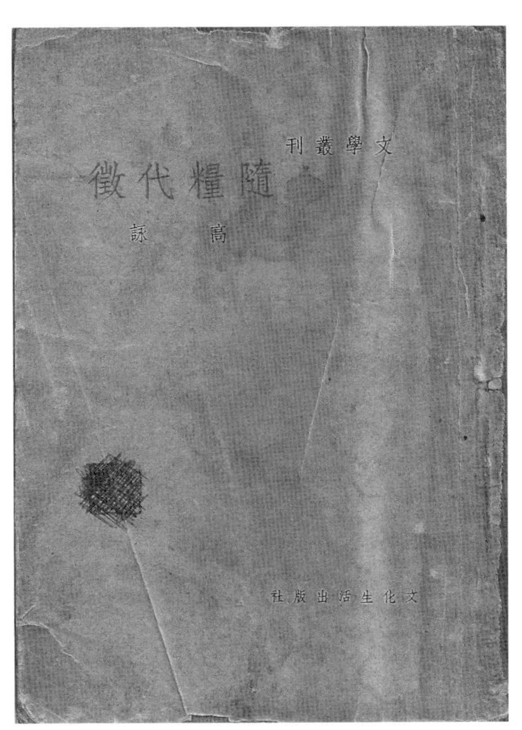

高詠《隨糧代徵》

有版權

隨糧代徵

高詠作

發行人 吳文林

發行所 文化生活出版社
上海巨鹿路一弄八號
重慶民國路一四五號

印刷所 文化生活印刷所

定價十五元

巴金主編

文學叢刊

第六集

共十六冊

隨糧代徵	高詠	長篇
遭遇	金魁	中篇
秘密的故事	舒羣	中篇
利娜	巴金	中篇
使命	李健吾	短篇
荒	田濤	短篇
三月天	屈曲夫	短篇
魚汛	宋樾	短篇
貝殼	莊瑞源	散文
夏蟲集	繆崇羣	散文
霧及其它	靳以	散文
囚綠記	陸蠡	散文
投影集	唐弢	雜文
沉淵	林柯	戲劇
木廠	鄒荻帆	長詩
江南曲	王統照	詩集

中華民國廿九年十二月初版

三十七年七月再版

《隨糧代徵》版權頁

盧森的《朝暾》

盧森（一九一一至一九八二）的幾本書中，我最愛書衣漂亮的《朝暾》：一個赤裸的長髮少女，單膝跪在湖邊，雙手Ｖ字形張開，臉向大湖遠方從山後發出的曙光，展示了年輕人臉向朝陽，充滿發奮向上的勃勃朝氣……盧森在後記中說，這幅畫出自崔峰和柯華兩位年輕小畫家。我對藝術一無所知，不知這兩位一九四七年約二十歲的藝術工作者，後來有沒有成材。我只知道自己很喜歡這幅畫，這本書。很多時我藏書，都受到漂亮的封面設計所吸引。

這本《朝暾》四十年前購自澳門萬有書店，才十二元，可幸連賈植芳的那本《總書目》也未收此書條目，十分罕見！

《朝暾》是「文海叢書」的第一種，為三十二開本二〇一頁，收〈點將錄〉、〈朝暾〉、〈伴侶〉、〈歃血〉……等十二個短篇，寫得最早的是〈伴侶〉（一九三三），最遲的是〈點將錄〉（一九四六），是十四年間的選集。

書前有發行人陳公陶的〈文海叢書出版緣起〉，書後有盧森的〈後記〉，記錄了一九四〇年代他的生活片斷。版權頁上有這套叢書的書目，還有李若川的《湖呢？海呢？》、陳容子的《寫在月落的窗下》、魯深（即盧森）的《雙燕箋》、李金髮等的《文果集》和盧森的《拾到的生命》等，還預告會在年內（一九四七）全部出齊，但從盧森的後記所載，因時局甚亂，物價飛漲，似乎這套叢書就只出了《朝暾》！

盧森的小說集《朝暾》

盧森的詩集《倦鳥之歌》

盧森的散文集《黑與光》

神童地位不變

創刊於一九四四年一月的《文潮》是比較少見的文藝雜誌，據《全國中文期刊聯合目錄（1833~1949）》（北京圖書館，一九六一）顯示，這份月刊由創刊出到一九四五年三月，在一年另三個月中，只出了七期，可見出版有一定困難。

《文潮》是本大三十二開，一百餘頁的月刊，創刊號上刊文十九篇，短篇小說佔八篇，另有翻譯小說三篇和丁諦（吳調公）的長篇連載小說《文苑志》，其他則是詩、散文、報告、評論，是本純文藝雜誌。

封面上列出了創刊號的作者名單，此中：吳伯簫、周楞枷、秦瘦鷗、李同愈、丁諦、白文、予且、施濟美等，都是當時滬上的名家，可見編輯交遊廣闊，邀得好稿。

我們也在封面上見到「鄭兆年發行，馬博良編輯」等字樣。馬博良（一九三三出生）即是一九五〇年代在香港創辦《文藝新潮》的詩人馬朗。以資料計算，他創刊《文潮》時，才十一歲，神童地位超然穩固，絕無花假。

我把《文潮》創刊號的書影傳給馬朗，並問他《文潮》創刊時：是否真的十一歲？

馬朗很快便來了回信，他說自從一九四〇年代離開上海後，這是首次再見到《文潮》，並說他的年齡早年出了點錯誤，應有三幾年的誤差，當時應有十五、六歲吧！

即使如此，馬朗神童地位依然不變！

馬朗在上海編的《文潮》

《文潮》創刊號版權頁

《文潮》第三期

RONALD MAR
700 Jacaranda Circle
Hillsborough, CA 94010
U.S.A
Tel: (650) 343-9709 Fax: (650) 343-9755
E-Mail: marronald@gmail.com

定銘知友：

此十餘年來，偏處一隅，正如○一年拙作「擁抱的另一天」所述，「不會有誰從綠草如茵的小徑走來」，我也不再想到演不完的故事」，倖獲樊焯賢、王、梁、杜、盧諸位及閣下青睞，代出新著或收集有關資料，最近更蒙閣下摯懷，發掘小可童稚至少年時代過往運作，讚賞其中「文潮」猶勝同名刊物，深感猶存。由此回首前塵，但覺世途崎嶇，滿目瘡痍，「文潮」舊事許多早已遺忘，總之，經歷無數艱辛，不過，從「文潮」到「文藝新潮」，我始終堅持為文學藝術新思潮鋪路，選擇現代主義，追求人類靈性自由的景徽和靈覺。時至今日，如果時光倒流，我重返回當日的陳跡，即使新的一朵煙花和美麗的一幕不再上昇，紅塵一片片脫解，我仍會同樣「節衣縮食」的奮鬥，和大夥裡建造他們的城。

謹此奉覆，明年初返盼來稀世坡面敘，最好樊、俟、陳諸位同行。「子謙、智揚」路一碧似係張金壽早在華北排妝，內情再談。順祝

文安

馬博良敬上
2009年10月7日

馬朗給許定銘

穗青《脫韁的馬》

茅盾一九四〇年代中，在以群的協助下編過一套「新綠叢輯」，專為新進的作家出書，僅出四種。此中特別值得談談的，是穗青《脫韁的馬》和郁茹《遙遠的愛》兩個中篇。

《脫韁的馬》（重慶自強出版社，一九四三）約五萬字，我這本是一九四六年上海的第三版，除了故事本身，還有茅盾的〈新綠叢輯旨趣〉、〈關於《脫韁的馬》〉、姚雪垠的〈《脫韁的馬》讀後〉和以群的〈評《脫韁的馬》〉。

故事說青年農民慶根被抽壯丁去抗日，兩年後他請假回鄉探親時被父母勸留，卻為地主及村長誣為逃兵。慶根不想家人受連累，終於狠心離家再上征途。

故事雖然簡單，茅盾認為它在描寫慶根心理的變化很到家，文筆生動而簡潔，是本不可多得的傑作。姚雪垠和以群均給予好評，劉西渭在他的〈三個中篇〉（見《咀華二集》）中，更盛讚《脫韁的馬》足可媲美名家的作品。

《脫韁的馬》出版後大獲好評，非常暢銷，還由香港永華電影公司改編成電影《山河淚》，由吳祖光導演，陶金和白楊主演，在一九四八年上畫。建國後《脫韁的馬》（作家出版社，一九五五）也出過一版，還加進了同時期寫作的〈在火車站上〉、〈歸來〉、〈草原夜話〉等三篇和作者的後記。

穗青《脫韁的馬》

建國後版《脫韁的馬》

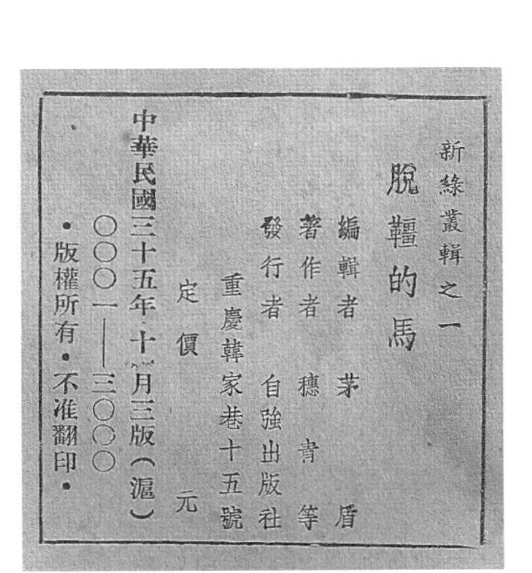
新綠叢輯之一
脫韁的馬
編輯者　茅盾
著作者　穗青等
發行者　自強出版社
重慶韓家巷十五號
定價　元
中華民國三十五年十一月三版（滬）
〇〇〇一——三〇〇〇
•版權所有•不准翻印•

《脫韁的馬》版權頁

脫韁的馬
穗青著
*
作家出版社出版
（北京市書刊出版業營業許可證出字第〇五七號）
北京東四頭條胡同四號
北京新華印刷廠印刷
新華書店發行
*
書號：(163)　字數：88千
開本 31''×43'' 1/32 印張 4 $\frac{15}{16}$ 插頁 2
一九五五年六月北京第一版
一九五五年六月北京第一次印刷
印數00001—26000
定價(6)0.49元

建國後版《脫韁的馬》版權頁

郁茹《遙遠的愛》

「新綠叢輯」之二——《遙遠的愛》作者郁茹（一九二一出生），原名錢玉如，浙江諸暨人，戰時在重慶協助茅盾編《文藝陣地》。她得以群鼓勵寫了這個中篇，而書名《遙遠的愛》和筆名「郁茹」，則是茅盾為她起的。她在建國前還寫過一本短篇小說集《龍頭山下》（上海群益出版社，一九四九）。

《遙遠的愛》（重慶自強出版社，一九四四）有一六一頁，我的這本是一九四九年的第九版，銷量相當不錯。書內除了正文，也有茅盾的〈關於《遙遠的愛》〉和以群的〈校後記〉，還加上郁茹自己的〈再版題記〉。

故事寫新女性羅維娜奮鬥成長的經歷：抗戰爆發後，羅維娜憤而離開歧視女性的舊社會，參加學生宣傳隊，後來更投身婦女工作，緊追不停轉變的時代，以不斷進取的精神，為懦弱的婦女謀幸福。在這裏我們看到「娜拉」故事的延續，茅盾說：

> 二十多年前的「娜拉」，從禮教的圈子，從「傀儡家庭」中，挺身出走，要做一個「堂堂的人」；現今的「羅維娜」，則要從狹的自私的愛的圈子，從舒適的然而使人麻痺的生活環境中，掉臂而去，……去在民族解放鬥爭的最前線貢獻她的一分力量。

而這種昇華，正是《遙遠的愛》成功之處！

郁茹《遙遠的愛》

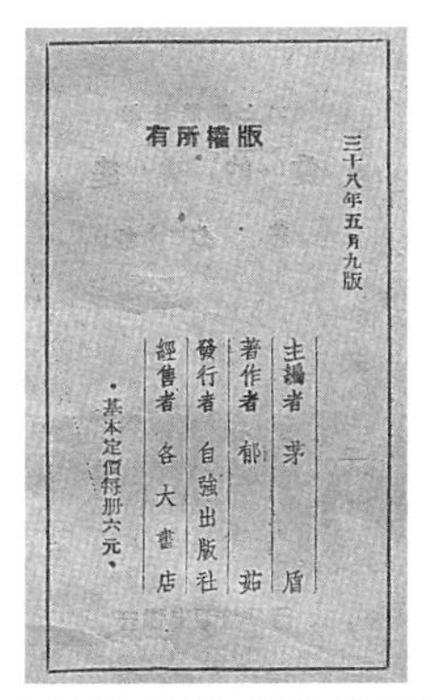

版權所有

三十八年五月九版

主編者 茅盾
著作者 郁茹
發行者 自強出版社
經售者 各大書店

・基本定價每册六元・

《遙遠的愛》版權頁

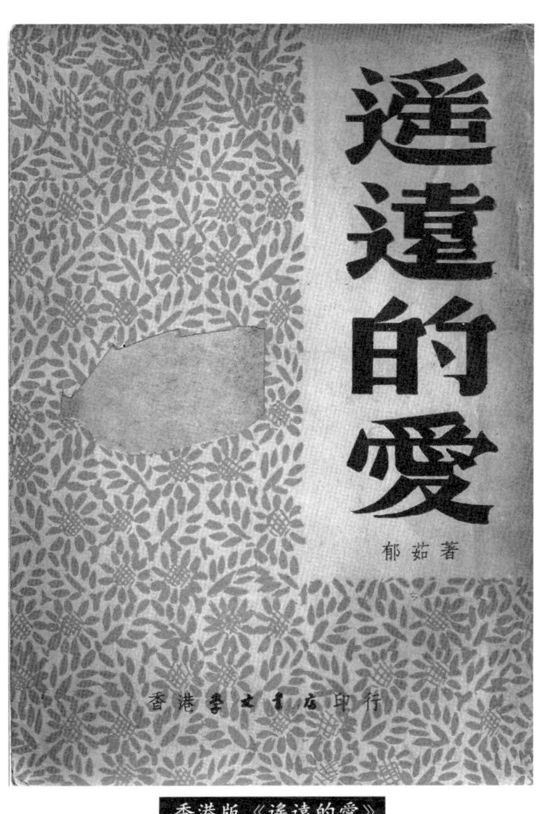

香港版《遙遠的愛》

鄭拾風的《飄零》

鄭拾風（一九二〇至一九九六）原名鄭時學，四川資中人，是位老報人，曾任職江西《開平報》、桂林《力報》、重慶《新民報》、《南京晚報》、《南京人報》……等報之編輯、主筆至總編輯。除了報刊文章，他曾出過雜文集《彎弓集》、《百喻經新解》及長篇小說《飄零》。姜德明在《書葉叢話》（北京圖書館，二〇〇四） 中談及此書時，說它由桂林華華書店在一九四三年九月出過一版，後來又於一九四八年的十月在上海另印一次，而他所藏的即為後者。

如今大家所見的《飄零》，卻是姜德明所提兩個版本之間，出版於一九四五年三月的重慶版。此書為三十二開一四一頁的土紙本，約七萬字，故事寫一九三〇至四〇年代一名年輕婦女張琪芳的不幸遭遇：她上中學時原本與表兄相戀，不幸竟為當地的軍閥強擄為姨太太，迅即又把她拋棄。琪芳因受冷落而戀上副官，卻被官僚丈夫趕出家庭，以為可以回到老家生活，豈料父母也以她有辱家門而不收留……。

《飄零》書前有〈自序〉說明此書的創作動機：鄭拾風看到當年的婦女地位卑微，大部份都生活在「非人」的境況裏，每次聽到或看到婦女受欺壓的故事，便產生「憐香惜玉」之心，在決意抱不平的心意下動筆……但，今天的情況好轉了多少？

鄭拾風的《飄零》

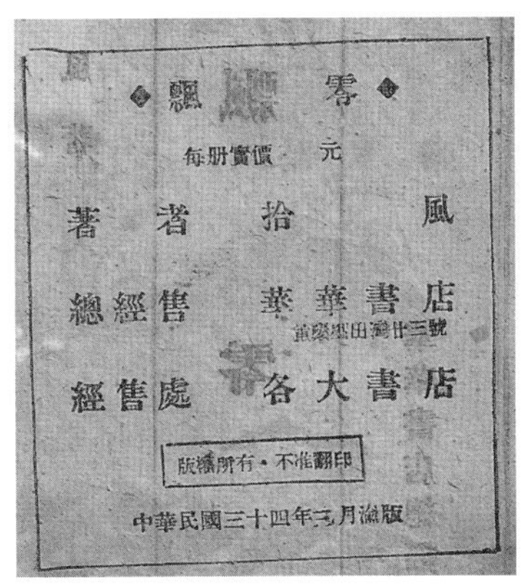
飄零

每冊實價　元

著者　拾風

總經售　華華書店

[illegible]田灣廿三號

經售處　各大書店

版權所有・不准翻印

中華民國三十四年三月渝版

《飄零》版權

陳原的土紙本

陳原（一九一八至二〇〇四）雖然畢業於中山大學工學院，但他熱愛文學。一九三九年在桂林開始參加新知書店編輯部工作，後曾任職於生活書店、三聯書店、中華書局、商務印書館……，一生與書結緣，著作等身，是現代著名的語文學者，出版界舉足輕重的巨人，同時也是知名的書話家。

翻賈植芳的《中國現代文學總書目》，意外地發現陳原在建國前非常熱衷翻譯外國文學作品，曾譯過《新生命的脈搏在跳動》、《地主之家》、《人生的戰鬥》、《丹娘》、《一九一八年的列寧》、《狗的故事》……等十種，創作則只有如今大家見到的這冊《母與子》。

《母與子》（桂林詩創作社，一九四二）是三十二開土紙本，只有一〇二頁，書分「翻譯之什」和「創作之什」兩部。上編譯了江布爾、雪夫兼珂、德伐爾多夫斯基、瑪耶可夫斯基及拜倫的詩作；下編則收他一九三八至四二年所創作的新詩〈更夫〉、〈沙漠裏的心〉、〈清晨送友回營〉、〈贈別〉……等十首，都是他較滿意的作品。陳原的詩創作不多，這本既是翻譯，也是創作的詩集，經多年戰爭洗禮的土紙本，能留存至今，彌足珍貴。

《母與子》是胡危舟所編的「詩創作叢書之六」，其餘幾冊為黃寧嬰的《荔枝紅》、黃藥眠的《西班牙詩歌選譯》……。

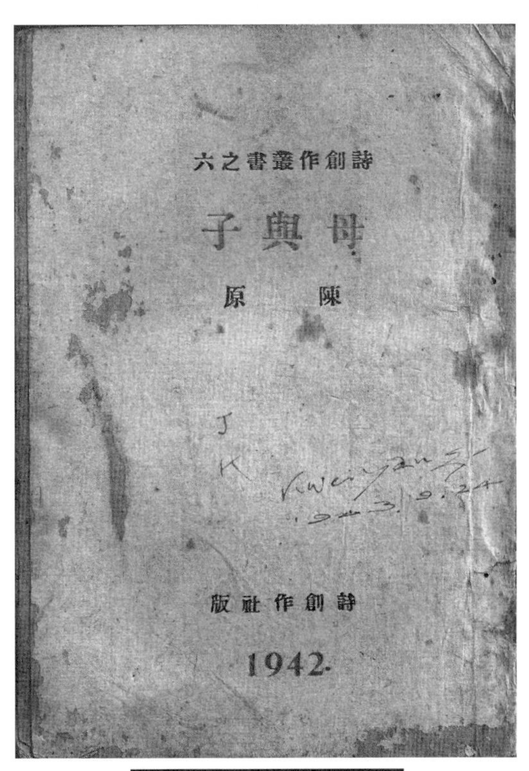

詩創作叢書之六
母與子
陳原
詩創作社版
1942

陳原的土紙本《母與子》

發行 詩創作社 桂林桂蔭路十七號之九
著者 陳原
主編 胡危舟
總經售 三戶圖書社
出版期 一九四二年九月
版權所有 不准翻印

《母與子》版權

八卦書：《作家膩事》

香港最暢銷的書刊是哪些？書商和報販都可以告訴你，是八卦雜誌！這些以名人私生活內幕作主題的雜誌，每期的銷量均以萬計，相對於以千，甚至以百計的文學書刊，相去甚遠！

其實，窺探名人私生活的好奇心，是人皆有之的，並不獨限於現時的香港，大家見到這冊杜君謀的《作家膩事》（上海千秋出版社，一九三七），就是本出版於七十年前的同類書籍，不過，主角不是社會名流及藝人，換成作家而已！

大家請看以下標題：〈胡適博士的懼內趣史〉、〈郭沫若深情輕財〉、〈沈從文的得妻〉、〈曹聚仁戀愛之謎〉、〈丁玲之同性戀愛〉、〈穆時英香港迎妻〉、〈何其芳之苦戀〉、〈章衣萍的一段情場失敗史〉、〈施蟄存的閨房樂〉……單看題目，大家都知道，所載七十段趣史，皆為大爆內幕的戀愛史，不過，這都是些「路邊社」花邊，博君一笑而已！但話得說回來，所謂「空穴來風，未必無因」，真是信不信由你！

香港一九七〇年代有人重印過這本《作家膩事》，不單沒說明是舊本重印，還把原作者刪掉，又少印了幾則，只得六十幾段，是個「殘本」，但在拍賣網站上也搶到二百幾，重印書尚且如此高價，原版的難以估計！

這也可說明：為何專家總愛找原版書！

原版《作家膩事》書影

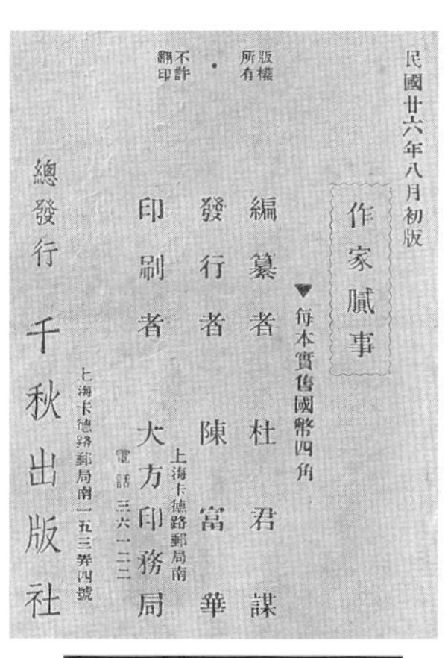

民國廿六年八月初版

作家膩事
▼每本實售國幣四角

編纂者 杜君謀

發行者 陳富華 上海卡德路郵局南

印刷者 大方印務局 電話三六一二二

版權所有·不許翻印

總發行 千秋出版社 上海卡德路郵局南一五三弄四號

《作家膩事》版權頁

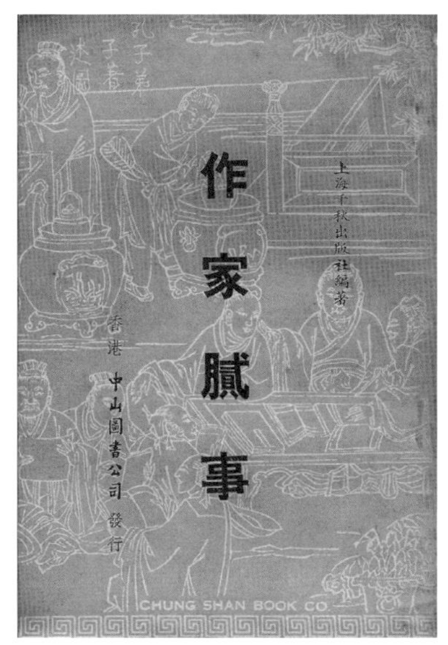

香港重印本《作家膩事》

鄭定文似流星閃過

鄭定文（一九二三至一九四五）一九四四年在上海《萬象》月刊上發表短篇小說〈大姊〉和〈魘〉後頗受重視，其後他陸續發表了多篇小說，成為文壇上的新星，被視為最有前途的新人，可惜大家還未認清他的臉目，鄭定文已於一九四五年中遇溺，似劃過長空的流星殞落了。

鄭定文逝世後，他的好友魏尚均整理他發表過的作品〈小學教師〉、〈小職員日記〉、〈考試的故事〉、〈被擯棄的〉、〈凍死的人〉……等十二篇，並寫了附錄〈記達君〉（鄭定文原名蔡達君），交給並不認識的巴金。巴金讀後，覺得鄭定文這些小說「貫串着似淡而實深的哀愁」，感人甚深，便把它們定名《大姊》（上海文化生活出版社，一九四八）作為「文學叢刊」之一出版了。如今大家所見的，則是臺北成文出版社於一九八〇年出版的重印本。

鄭定文是浙江寧波人，一九四二年畢業於上海麥倫中學，因家境貧窮無法升學，只好留校當庶務員謀生。他熱愛文學，工餘寫文章抒發內心的鬱悶，他的小說擅寫低下層市民的生活，代表作〈大姊〉和〈魘〉以他的家人和生活在同一條陋巷的鄰人為題材，這裏有刻苦而無法謀生的貧民，有出賣靈魂的「人牛」，有吸鴉片自甘墮落的貧病青年……是上海貧民窟的寫照。

中國現代文學創作叢刊⑥
大姊
定價新臺幣柒拾元整
作者：鄭定文
出版者：成文出版社有限公司
發行人：黃成助
發行所：成文出版社有限公司
臺北市重慶南路三段一號十二樓
電話：3916416（五線）
郵政劃撥帳號14447號（全省通用）
印刷者：四維印刷廠有限公司
臺北縣板橋市長江路二段三一〇號
電話：9518914
初版：中華民國六十九年七月十五日
登記證：行政院新聞局局版臺業字第1143號

臺版《大姊》版權頁

鄭定文的《大姊》

寫在《亂翻書・樂無窮》之後

二〇〇八至二〇一二年間，我在報上寫一圖配四五百字的書話，很受內地人歡迎，甚至有人私自把它們輯成《許定銘書話一百篇》之類的合集到網上發表，似乎傳得很廣。文章受歡迎，寫得特別起勁，竟埋首寫了七百多篇。這些書話大致分：中國現代文學的、香港文學的和兩岸三地及南洋的三類。

其後陸續整理出版，屬於中國現代文學的，已出了《書鄉夢影》（香港初文出版社，二〇一七）和《醉書小站》（香港初文出版社，二〇一八）；香港文學的《從書影看香港文學》四輯，估計在年內分上下冊出版；如今大家見到的這冊《亂翻書・樂無窮》則是包括了兩岸三地及南洋的那種。

我在香港開書店二十年，主要目的是方便自己閱讀，因此賣的書除了港台及內地的文學書外，還有些是流行的言情小說、科幻、武俠、推理、獵奇……之類的雜書，甚至是絕版舊書。而《亂翻書・樂無窮》中所談的，就是這些書。所謂「亂翻書」，絕非胡亂的翻看，而是隨自己的心意而翻，是在搞文學之餘，調劑一下心態的尋樂卷。

這些文章在報上發表時，除非遇到驚喜的前任書主的留言，我多以封面配文。封面是書的外型，就像人的外貌，能否獵得讀者的歡心，這是首要的條件。其次，我覺得版權頁是書的出世紙，不同的版本往往可以有不同的內容，也可能有作者不同的前言後語，可供研究者探究，其重要的程度絕不亞於封面。但在報上發表時，限於編幅，只能配一圖，取捨其實相當困難。如今出單行本，不受此困擾。於是，封面和版權雙飛，增加了不少樂趣及意義，至於少量只發一圖的，不是書到手時已沒了版權，就是寫稿、製圖時疏忽，忘了，到如今才追悔，是無可奈何！

校對本書時，發現有些作家在我寫文時是在世的，但如今編書時則已逝，像紀弦、黎錦揚、張充和等，我只在文中補上他們不在的年份，其餘則一如初稿不變，行文或怪怪的，卻保持了原文的「初味」，供大家細品。

本書得以出版，感謝詩人路雅背後發功，小友黎漢傑多番奔波及各方友好的大力支持，特此致謝！

——二〇一九年七月

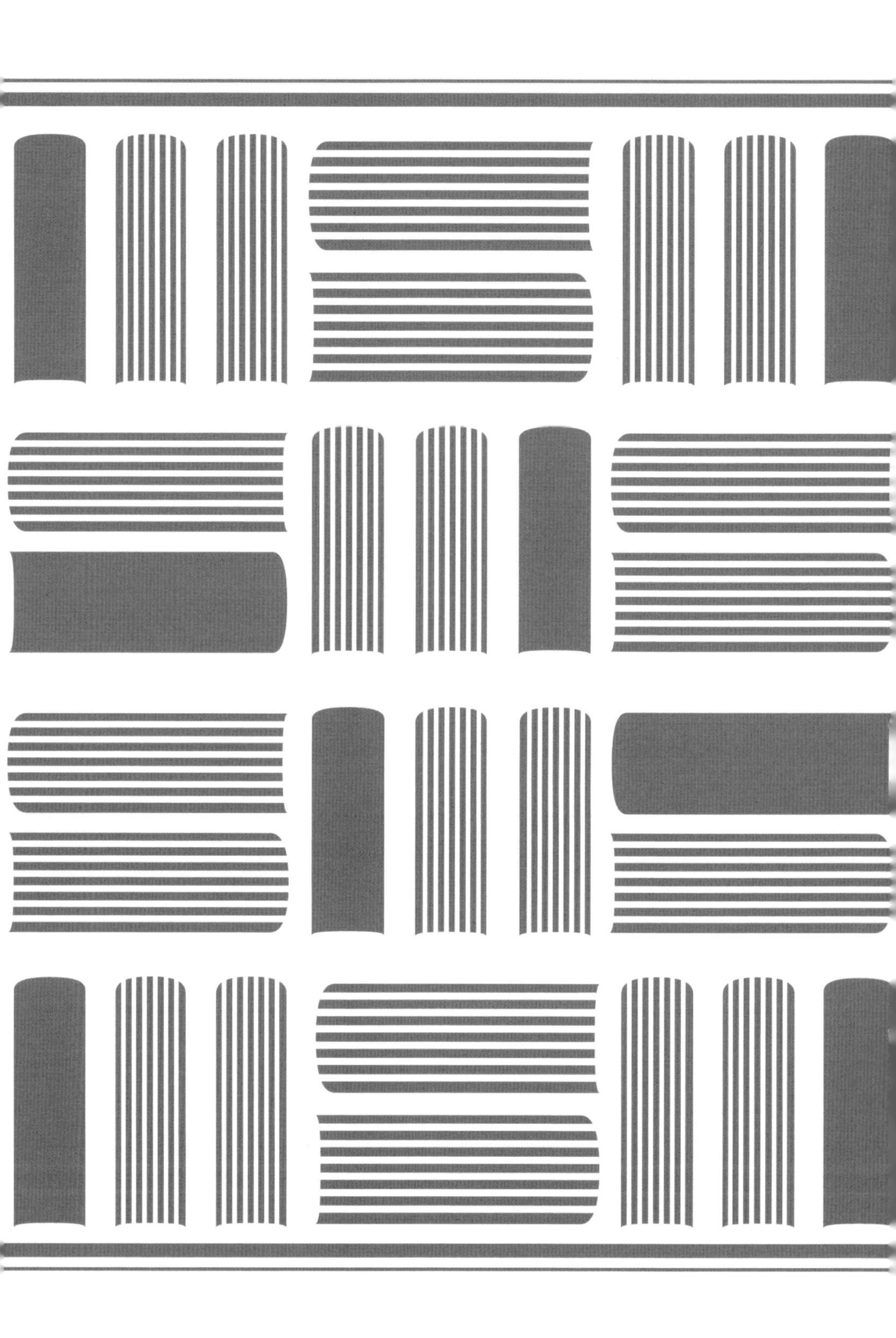

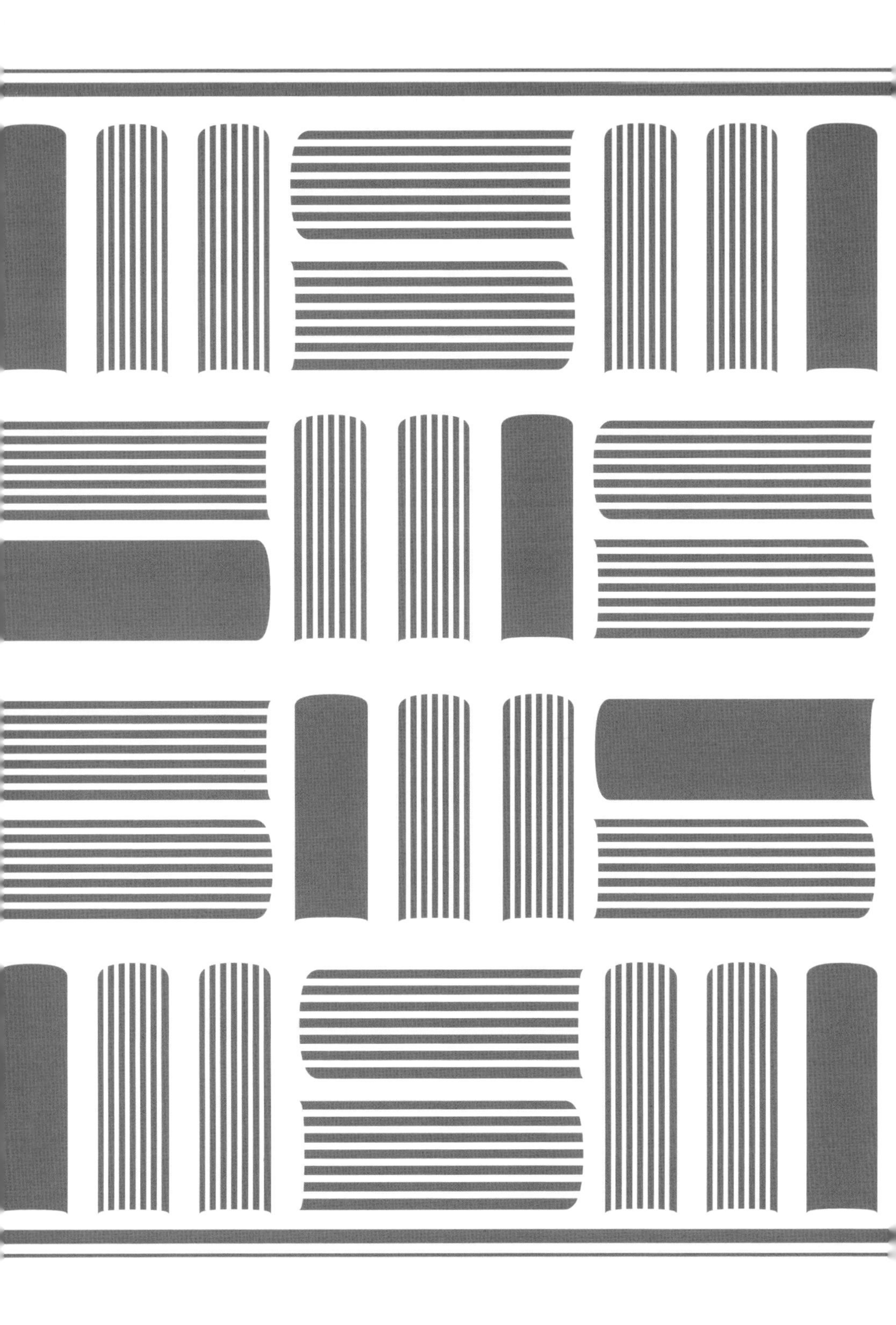

亂翻書
許定銘 著
樂無窮

醉書話 05
亂翻書・樂無窮

作　　者 ｜ 許定銘
責任編輯 ｜ 黎漢傑
文字校對 ｜ 聶兆聰
設計排版 ｜ Kaceyellow
法律顧問 ｜ 陳煦堂 律師

出　　版 ｜ 初文出版社有限公司
電郵 manuscriptpublish@gmail.com

印　　刷 ｜ 柯式印刷有限公司
香港北角屈臣道 4-6 號海景大廈 B 座 605 室
電話 (852) 2565-7887 傳真 (852) 2565-7838

發　　行 ｜ 香港聯合書刊物流有限公司
香港新界大埔汀麗路 36 號
中華商務印刷大廈 3 字樓
電話 （852） 2150-2100 傳真 （852） 2407-3062

臺灣總經銷 ｜貿騰發賣股份有限公司
地址 新北市中和區中正路 880 號 14 樓
電話 886-2-82275988
傳真 886-2-82275989
網址 www.namode.com

版　　次 ｜ 2019 年 8 月初版
國際書號 ｜ 978-988-79366-7-1
定　　價 ｜ 港幣 128 元 新臺幣 460 元

Published and printed in Hong Kong
香港印刷及出版